天上有顆孤獨星

照亮世人獨行時

張曼娟

自序

天上有顆孤獨星

二〇二〇年的農曆新年，像平常的每一個過年那樣，團聚、熱鬧、互道恭喜，雖然在不遠的遠方已傳出疫情的消息，卻有著事不關己的安逸。大年初四那天，住在我家的姪兒，要銷假回部隊繼續服役，我想買幾個口罩，讓他搭乘大眾運輸工具時使用，卻發現附近所有藥局都貼出了「口罩已售完」的告示。那是一種很奇詭的氣氛，路上行人稀少，大部分仍在假期中，四周顯得安靜，卻有一種風雨將至的不安。

接著就是封城、口罩荒、社交距離，曾經傳說的二〇一二世界末日，彷彿在二〇二〇蒞臨。

為了避免接觸傳染，人與人之間的距離愈遠愈好，慣於出國旅行的人們，也將行事曆上的遠方，一則一則刪除。社群媒體似乎更熱絡了，仔細讀來卻都是寂寞孤獨的訊息。

關於孤獨這個命題，我有了更激烈的思索。為什麼人類如此恐懼孤獨？

我們一生中做過多少事，花費過多少時間，為的是驅趕孤獨。然而，孤獨是如此強大，如影隨行，從來不曾離開過。

孤獨並不是隱居者，等到我們一人獨行時才出現；孤獨往往是狂歡者，在人群最喧鬧時驀然掩至，像黑夜靜靜覆蓋天地。

前一秒鐘，我們可能正在舉杯言笑，或甚至就在這個歡樂的瞬間，真切感受到孤獨。

人，是生而孤獨的。不管是什麼年齡與身分，孤獨成為我們共同的深刻感受。在孤獨中我們渴望愛與被愛；在孤獨中我們追求夢想；在孤獨中我們觸摸世界；在孤獨中我們期待理解；在孤獨中自我完成。

在孤獨中，我重新讀詩，重新認識了這些詩人與情感。他們原本就是我們熟悉的歷史人物，然而，他們的選擇與經歷，還是有許多的謎未曾解開。

我常常想著，當蘇軾在大牢中等待死刑執行的那些日子，看著冬日雪花飄落，他是什麼樣的心情？在「牛李黨爭」中，與兩黨皆有頗深淵源的李商隱，兩邊的情義都捨不下，只能成為被兩黨排擠輕視的叛徒，他是如何看待自己的命運？我也常想到不畏艱難，投入朝廷改革，而後慘烈失敗的柳宗元，當他一身病痛，被貶謫到愈來愈遙遠的荒僻之地，他會不會後悔？

我一步步走進他們的生命裡，產生了親密的連結，彷彿，他們成了

我無話不談的朋友。

於是，我選擇了第二人稱的書寫方式——「『你』最常想起的那張臉孔是誰呢？」

這是我對李商隱的提問，也是對閱讀這本書的你，以及我自己的提問。

我想問王維，大家都說你是療癒系詩人，讀著你的詩，便能尋找到內心的平靜，但我一直相信，療癒人心的文字，是出自受創的心靈，你的內在到底忍受著什麼樣的痛苦呢？

我也想問寫下《詩經》〈擊鼓〉篇的無名詩人，你知道兩、三千年來，人們都把「執子之手，與子偕老。」比喻為愛侶天長地久的盟誓嗎？這其實是在戰爭中與袍澤的生死誓約——在殺伐中不要死去，要好好的活著，直到年老。然而這約定豈能實現？看著同袍在血光中一個個

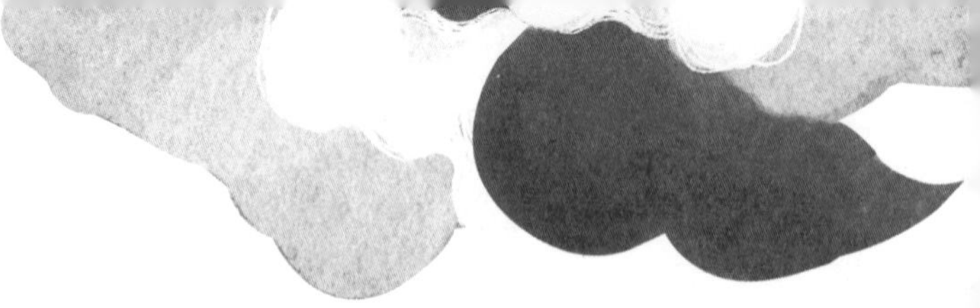

倒下，是什麼樣的心情？我們該讓人們知道，這其實是再現實不過的殘酷與死亡？還是就讓大家以為，這是個浪漫的愛情故事？多麼希望戰爭永遠止息，人間沒有仇恨，只有相愛相惜。

還有年少時啟蒙過我的審美觀的「三李」，李白、李煜、李清照，與他們直面相對，才發現，還有那麼多的層面與堆疊，那麼多的明亮與陰暗，卻又有那麼深的啟發和體會。

古詩十九首與張籍，則讓我在中年的渡口，回溯青春，並揚帆向老年駛去。與其說是我挑選了這些詩人與詩作，不如說是命運使然。他們挑選了我，讓我懂得，命我書寫，既是散文又是小說。

在書寫中，我懂得了詩人們在生活與創作時，都是孤獨的。孤獨成就了他們與眾不同的生命，讓他們像星星那樣，懸掛在歷史的長夜，閃閃發光。

能夠享受孤獨的人是有自信的，因為他懂得與自己的相處之道。不必再去附和，也不需要討好，他人是否接納亦不再重要。當我們獨行時，偶爾抬頭看看星空，見到那顆「孤獨星」無比璀璨，便可以微笑前行。

與孤獨同行，乃是大自在。

謹序於台北　元宵之日

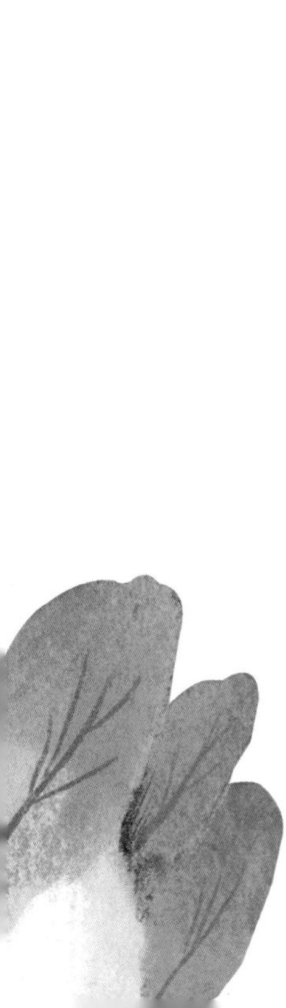

目次

天上有顆孤獨星

照亮世人獨行時

壹

孤獨是靜靜的喜悅

人閑桂花落，夜靜春山空

孤獨的本事

因為一個小意外，摔傷了腳，疼痛不用太在意，瞬間全然失去了行動自主，才最令人驚惶。多半的時候，只能在床上平躺，思緒百轉千迴，真有些困坐愁城之感，而窗外的夕陽斜斜沉落，又是一天的結束。

百無聊賴的時光，我看到了一段佛經故事，說的是維摩詰菩薩向眾人現示出生病的樣子，佛陀便派遣弟子前去探病，沒想到弟子們紛紛推辭不願前往，只因維摩詰辯才無礙，沒人能與他過招，讀到這裡我便忍不住笑了，這哪裡是探病啊？分明是辯論比賽嘛。最後終於由智慧第一的文殊菩薩領命前往，這是真正的高手過招，千載難逢。八千菩薩、五百聲聞、百千天人，都聞風而至，想親身參與這場精采絕倫的盛會。

文殊菩薩的「問疾」是這樣開始的，他懇切的向維摩詰表示關心：「居士這個病，還能忍耐嗎？治療之後是否減輕一些？狀況沒有變糟吧？」他又說：「佛陀很關心您，想讓我問問，您這個病是怎麼發生的？病了多久了？如何才能消失呢？」這些話看起來就像是尋常的問候，聽見朋友生了病，免不了要表達心中的掛念之意。

維摩詰是這樣回答的：「從痴有愛，則我病生。」這病的緣起是因為痴，是因為愛。痴是知覺生病了，是一種執著引起的苦痛，而在我們喜愛的人、事、物中，特別容易泥足深陷，難以自拔。「因為一切眾生皆在病中，於是我病了。倘若有一天，眾生都能從執著痛苦中解脫，我的病自然也消失了。」

我將燈光轉亮，在深深的夜裡，想起了你。

王維，字摩詰，號摩詰居士，人稱「詩佛」。

我其實常常想起你，充滿矛盾的一生。每一年總有幾次，我會在小學堂的讀詩課講到你的故事，孩子們都聽熟了，他們有時也會調侃我：「老師最喜歡王維了。」「當然啦，他那麼有才華。」我還沒說完，孩子便搶著說：「而且他是個美男子。」說完了，他們總是要笑一陣子，好像挖掘了老師的祕密心事。他們不知道的是，你其實是我的老師，教會了我孤獨的品味。

你誕生在貴族世家，父親是門第之後，母親崔氏是門第之女，王、崔兩個世家的聯姻，門當戶對，情感融洽，你是父母親的第一個孩子，最受寵的長子。他們注視著你的眼光有著寵溺；注視著彼此的眼光有著柔情。你的早慧令父親欣喜，他盡力培養你的才華，音樂、繪畫、詩書、禮儀，你是天之驕子。而你最喜愛的是陪伴母親禮佛讀經的時光，她總是穿一襲素色的衣裳，沒有配戴任何寶絡珠瓔，未施脂粉的飽滿面容閃著柔和的光，高高盤起的髮絲有著完美的弧度，那樣虔敬的跪坐著，口中唸唸有辭。

你還幼小時，就被這樣的絕美形象所震動，你覺得自己可以凝望這個身影很久很久，你願意膜拜頂禮。那一刻，她並不是你的母親，而是一尊獨立存在於宇宙間的菩薩。

你感到無限嚮往，你想像她一樣。

然而，九歲那年，你的世界傾斜了，父親一病不起，這個家還能撐住，不至於整個兒崩塌，是因為母親。

你沒見過母親如此哀痛卻又如此緘默，除了讀經，她在窗前的光亮裡刺繡的側影，拓印進你的一生，無法遺忘。每一針都像刺進你的心裡，她依然寡言，日益消瘦憔悴。她矢誓要靠自己的力量，將你們六個孩子撫養成人，而你也在心中對父親承諾，要光宗耀祖，重現王家的榮光，要讓母親過上無憂無慮的好日子。

人們都說你是盛唐時期最風光順遂的詩人，其實，你一直非常努力。

進京之後，在一次友人的聚會中你遇見一位華貴儒雅的中年人，當你演奏自己創作的新曲，他目光灼灼盯著你看，而後忘情擊鼓，有板有眼，你們不經意完成了合奏。那是縱情暢意的一夜，飲不完的美酒；彈不完的龜茲樂曲；惺惺相惜的傾談。你們都有些醉了，中年人說他叫做李憲，你也說了自己的名字，再喝一巡，而後醉倒在席上。

天將亮時，有幾名侍衛進來扶了李憲出門，你聽見他們恭敬的稱他為「寧王」。你彷彿知道寧王是誰，當初將太子之位讓給弟弟李隆基，李隆基順利登基為唐玄宗，而後有了這歌舞昇平的大唐盛世。

就是這樣的機緣，你成了寧王的忘年之交，而後成為了薛王、岐王的座上客。十九歲的某一天，你應邀前去公主府邸，香氣縈繞，樹影深深，月圓在天，也在小橋之下的溪水中，公主府邸的清幽超出你的想像。

你穿著飄逸的衣裳，站在橋上看月光，公主迎面而來，被你的丰采吸引，她望著你微笑，引領你緩緩走進一場改變生命的筵席。在那場筵席中，你用琵琶演奏了自製新曲〈鬱輪袍〉，引來許多貴人的矚目。之後在科舉考試中，你成為最風光的狀元。

隨後展開的仕途雖小有跌宕，卻是大致平穩。你總在人群中被注目，不僅是因為你的俊逸秀朗，風度翩翩，還有難以捉摸的孑然獨立感。你是溫和的，卻無人可以真正理解，連你的妻子也不能。

三十歲那年，你的妻子過世了，你再也沒有娶妻，人們都說你至為專情，其實你更能享受純然的孤獨感了，而不是淒涼。母親一直獨居，那種恬淡清雅的生活，你也想追求。

上朝與飲讌時，置身於達官貴人、皇親國戚之間，並不感覺侷促，而你更享受遠離朝廷的生活——半官半隱，是你的理想。

官運亨通，是為家族作出的貢獻，至於你自己，更想要的是「獨坐幽篁裡，彈琴復長嘯。」的時光。在密密竹林中，建起一座巧緻的竹里館，焚香、趺坐、讀經。這裡的日光帶著竹葉細細的陰影，並不充足，卻夠溫暖，能夠讓你的心妥妥的安定下來。「深林人不知，明月來相照。」晴朗的日子，你彈著琴等待月亮升起，柔和的光芒當頭籠罩，你彈給月亮聽，也彈給自己的影子聽。一片雲飄來，遮蔽了月光，天地突然暗下來，伸手不見五指的黑。

你在暗黑裡沉靜的趺坐，白天的事一幕幕來到眼前。

玄宗皇帝為即將離京返回范陽的安祿山大開筵席，丞相楊國忠缺席了，滿座都是奉承安祿山的人，你知道他們都和你一樣，獲得安祿山許多貴重的禮物。安祿山成為炙手可熱的頭號人物，你雖不想趨炎附勢，也不願成為讓他防備的角色，於是，禮物都收下，也都封存了。反正大家都知道你的生活極為簡樸，茹素、布衣、繩床，身無餘物，唯有清靜。但人世間哪有真正的清靜？

安祿山越過許多人來到你面前，洋溢著胡人的豪放與熱情，他握著你的手：「摩詰居士常在我心，這一向倒是清減了，不可過度悲傷，千萬珍重。」

你心中一跳，怎麼連母親過世，引你悲懷的事，他也知曉？他會不會知道得太多了？

「願他日與居士日日長相見，如此甚好。」他說著，笑容滿面，層層堆疊的大肉臉上，擠得更小的眼睛閃動著爍利的光，迸散火燄，你的心再度抽動。

當安祿山龐大的身軀離去，你轉頭看向唐玄宗，突然覺得他老了，就算是身邊有光豔照人的貴妃，也照不亮他的衰頹，你隱隱有著哀愁的預感。

這預感不幸成真了，安祿山以誅殺楊國忠為名，起兵造反，一舉攻下長安城。玄宗帶著宮眷與近臣逃走，你和其他同僚上朝時，坐在寶座上的是安祿山。一時之間全亂了，有怒聲咒罵的；有嚇得雙腿發軟的；有俯首貼耳向叛賊稱臣的，只有你紋風不動。那些被拖出去斬首的忠烈之臣，他們的鮮血滾燙的燃

燒，你覺得自己應該與他們在一起，你的血應該與他們的交流，但你一動也不想動。

你感到極度痛苦，也感到非常無助，而後想起《維摩詰經》中那兩句話：「從痴有愛，則我病生。」

你還捨不下這肉身，你不想執著於忠君愛國、品格高潔這一類的讚譽，這個尋常的早晨，你只是還不想死。當你抬頭，正迎向安祿山那帶著笑的眼神，不，你也不想如他期望那樣活著。

你沒有走進熱血義烈的忠臣行列；你也不想成為趨附叛逆的罪臣，你自己就是一個隊伍，一種孤絕的存在。

安祿山以為你歸順於他，你卻稱病在家，再也沒有上朝。他終於明白，縱使他說了「居士常在我心」，你那日卻只淡然一笑，那笑中隱藏著分流而不合，他動念要殺你，終究捨不得，他還沒看明白，你到底是什麼樣的人？不可賄買，也不可威逼。

「居士既然有恙，不妨去寺中休養。」安祿山下令將你軟禁在菩提寺。寺中當然遠遠勝過牢獄，你覺得這已是命運給予的款待了。

摯友裴迪來探望，說起安祿山的殘忍殺戮；天下百姓輾轉哀號，流離失所。你默然不語；你徹夜難眠。

將黎明時，你忽然想到一個熟悉的景象，年輕時造訪過的江南若耶溪，你曾與友人一同入山，憩息在一道山澗旁，澗水清涼，水沫微微濺濕了衣裳。因為心中寬閒無罣礙，夜又是那樣靜寂，連細小的桂花墜落的聲音都能聽見，一陣風過，吹散了雲，清亮的月光驚醒了入眠的鳥兒，牠們振翅高飛，在澗水中穿梭飛翔。你覺得自己也彷彿飛翔起來了，無比輕盈自在。

「老師如果見到王維的話，想跟他說什麼呢？」不止一次，孩子們這樣問我。我想問的那句話，恐怕是孩子們不能懂得的。

「為什麼，你這麼孤獨呢？」我想問的是這句話。

但我也知道你會怎麼回答，所以這話也不必問了。

「因為眾生皆是孤獨的，我只是活出了孤獨。」你會這樣回答吧。

因為遇見你，我明白了孤獨並不是淒涼，也不一定是寂寞，當春天的澗水因鳥鳴聲而生機無限，便值得一個微笑，滿心喜悅。

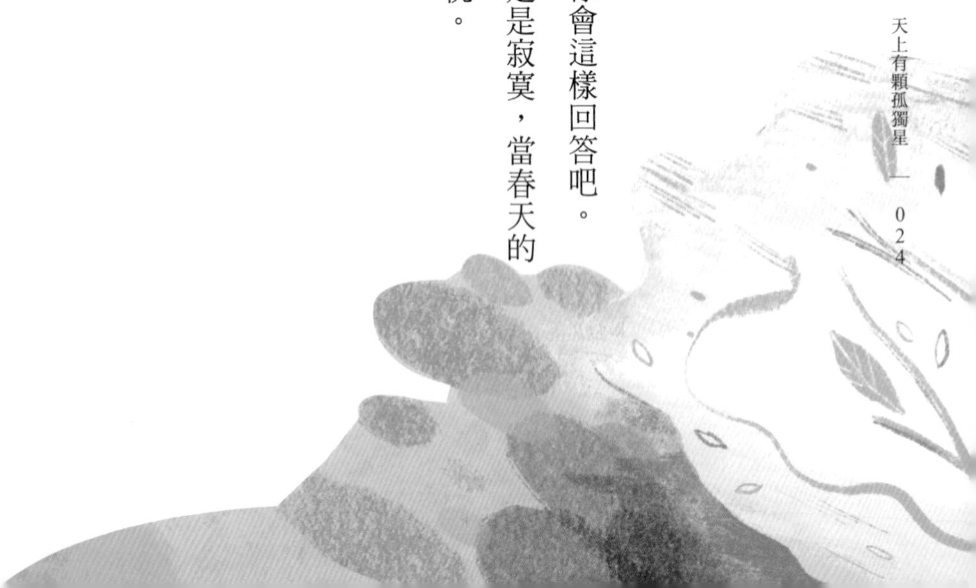

孤獨的緣起

鳥鳴澗

人閑桂花落，夜靜春山空。
月出驚山鳥，時鳴春澗中。

王維

人在悠閒自在的鬆弛中，
連微小的桂花，旋身飄落也能覺察。
夜深之後，瀰漫草木勃發氣息的整座山也安靜下來，
所有的活動都靜止了。
忽然出現的明亮月光將熟睡的鳥兒驚醒，
牠們誤以為天亮了，
便歡快的在山澗中鳴叫飛翔。

許多人都在驅趕孤獨，王維卻是勇於孤獨，甚至是享受孤獨的。他在朝中當官，似乎是一帆風順的，但他選擇了另一種修行的生活。也不是純然的出世，也不是徹底的入世，就像是維摩詰菩薩那樣。維摩詰明明過著妻妾成群，榮華富貴的生活，但是，當他以病疾說法，佛陀派了文殊菩薩前去「問疾」，他的心念一轉，房中的華麗裝飾，僕從如雲，都消失了，只剩一個空房間，一張床，臥床的維摩詰。

王維也是這樣的，在出世與入世之間，實踐了「行到水窮處，坐看雲起時。」的人生況味。順著源頭往上走，最終再見不到水，那就看雲吧。後世稱王維為「詩佛」，並不只是因為他的詩作中蘊含著佛學的旨趣，而是因為他活出了無所倚傍的自己，成就了孤獨的莊嚴。

孤獨處方箋

〈鹿柴〉王維

空山不見人，但聞人語響。
返景入深林，復照青苔上。

｜聆聽入口｜

貳

起誓的溫度在掌心

執子之手，與子偕老

孤獨的本事

你睜開眼睛，是被風喚醒的。

風的聲音並不溫柔，一陣嘶吼，一陣嗚咽。

你從一場長長的夢中醒來，不知道昏睡了多久。以為自己會醒在春日的小溪旁，柳樹枝條似有若無的輕拂過臉上的寒毛。以為醒來後會看見自己偷偷喜歡的那個少女，將黑髮全部綰起，插一枝明亮的桃花，露出弧度優美的後頸，正在溪邊浣紗。你以為她轉頭看見你，會給你一個羞怯又甜美的微笑。

然而，你感覺寒冷，以及全身的疼痛和僵硬，這不是故鄉，這是戰場。

你的眼中看見的是一片紅，是鮮血的紅色？還是夕陽西下被染紅的天空？

那真是一場狂暴殘酷的殺戮啊，鼓聲隆隆震擊著耳膜，血肉橫飛的殘肢飛起又降落，有人大聲喊殺；有人狂哭著找腿，你真的不想回來，你其實可以騎著馬逃逸而去。你有一匹最好的馬，與你聲息相通，你的馬陪你上戰場，也該載著你凱旋而歸。但，這場戰爭是末路，所有戰士的末路，你和你的歃血為盟的兄弟，最後的路途。

你是飼馬人，在街上長大的孤兒，餓著肚子蜷在骯髒巷弄裡的時候，常幻想穿著暖和的裘衣，與父親一道騎著馬，緩步行過街頭。父親從身後環抱著你，輕聲對你說話，你知道自己會是個知書達禮的好孩子，長大以後也許能成為一位將軍。事實上，你被將軍府邸的飼馬槽公收養了，他教會你騎馬、餵馬、練馬，你有了自己的床鋪，不必再受風吹雨打之苦；你有個大碗，每天能吃上兩大碗熱呼呼的麵條，有時候還有玉米和高粱。槽公曾在半夜裡酒醉歸來，踢了踢睡著的你，塞了半截烤羊腿。你覺得自己的日子已經在天堂了，幸福得有點不可置信。尤其是帶著馬到溪邊飲水時，竟然看見了穿著素衣的那個浣紗少女。你開始憧憬未來，模模糊糊的，一個家的樣子。

沒想到等在前方的是戰爭，你始終不明白這場戰爭是為了什麼？國君突然被殺，新君入主，身在將軍府的你，也感受到風聲鶴唳的不安。將軍閉門不出，槽公帶回外面的消息，說是新君要蓋宮殿、築城樓，到處抓伕。「你在將軍府，算是躲過一劫了。」槽公說。

哪知道將軍奉召入朝，竟然一去不回，將軍府內眷都成了奴婢，男丁成了罪犯。過不了多久，新君與宋國、陳國聯軍，決定攻打鄭國，戰爭來了。你就像是在草坡上摔了一跤，不斷下滑滾動，再站起來的時候，已經成了戰士。你與四個陌生人編為一支小隊伍，長官告訴你們，五個人是枯榮與共的，必須相互扶持，彼此守護，「要活，就一起活著；若不能活，

就一起犧牲。」你們都大聲的應諾，但你並不能明白這個隊伍真正的意涵。

首先，遞上一壺酒的是年紀最大的老壺，他是頂替兒子來當兵的，老伴已死，幾個兒子之前都戰死了，唯有一個小兒子剛剛成親。「我就這麼個牽掛，放不下。我來當兵，他留在家裡，我的牽掛就能放下了。」大家喜歡聽他講往事，講當年在戰場上殺敵的英勇，聽著就覺得沒什麼好怕的。強壯的獵人卻總要戳穿他：「你這麼英勇，怎麼還只能當個兵？」而後私下對你們三個人說：「他當年拋下同伍的兄弟跑啦，大家都死了，就他一個人活著。」你知道獵人應該是五個人中，最勇敢也最善戰的，但你沒想過倚靠他的保護，你是個強壯的青年，你想靠自己，最好還能保護別人。

年紀最小的那個孩子小洮擠在你身邊問：「你想娘嗎？想家嗎？」他娘不願意長子當兵，掩護長子逃跑，沒想到次子小洮被抓來當兵了，只是個十三歲的孩子啊。聽說他母親哭倒在地，嘶號到啞了嗓子，把臉都抓破了。

到了夜晚小洮在戰壕裡哭，你問他：「餓嗎？」他搖頭。「冷嗎？」還是搖頭。「想家嗎？」他點點頭，然後問：「兄想家嗎？」你說：「我沒有家。」

從那夜之後，小洮總要捱著你才能入睡。他覺得安心，你也安心了。隊伍中有個讀書人，與你們都不相同，他仰頭看天喃喃自語，低頭看地也能自說自話。有一回獵人意氣風發說著，打仗是男子漢一生最光榮的事，叫小洮別害怕。那書生卻突然抬頭問：「人，為什麼要相互廝殺？為什麼不能互助互愛，好好活著？」沒有人應聲。

你沒想過這個問題，其他人也沒有。國君說要打仗，就得上戰場。

獵人嚷嚷著，貪生怕死的人才會想這些無聊的問題。雖然話不投機，小洮還是替書生打水泡腳；老壺的酒也會分給他；你磨礪兵刃的時候，順便幫他一起磨；獵人從田地裡抓回來的肥田鼠，烤好之後，一人一隻，也總少不了書生的。

「大夥兒忙著築城、打仗，莊稼熟了也沒法管，可便宜了那些鼠輩，也就便宜了我們。」獵人滿嘴油，美滋滋的說著。

「碩鼠碩鼠，無食我黍……碩鼠碩鼠，無食我麥……」書生口中唸唸有詞，眼裡有些憂愁。

「你再鼠來鼠去數來寶，我要吃你的烤大鼠囉。」獵人伸手作勢要奪，書生連忙一口塞進嘴裡，大家笑成一團。

這些集結訓練的日子，戰爭彷彿永遠不會發生，你突然覺得這或許是你生命中最好的安排。你甚至想著，等到回鄉之後，你要向浣紗的少女求親，過著互助互愛的生活，就像書生說的那樣。你還要請四位兄弟來見證你的終身大事，他們是你的家人。「我們怕是回不去了。」書生聽完你的夢想之後，幽幽的說：「夏日出兵是凶兆，是國君的私欲，師出無名，無法凱旋而歸。時也，命也。」他長嘆一聲。

像是配合著書生的預言，戰爭隨即爆發。

你不知道自己準備好了沒有？連一向興奮的獵人也變得寡言，老壺臉上縱橫無數的歲月刻痕更深了，小洮眼睛裡跳動著恐懼與不安。書生說，咱們來起誓吧。五隻手掌疊在一起，書生吟唱般的唸誦：「死生契闊，與子成說。執子之手，與子偕老。」他的聲音悠長低沉，如泣如訴，聽得心裡起戰慄。大家都捨不得抽回自己的手，歇了歇，書生微笑的對大家說：

「咱們不說同生共死，都得好好活著，活得很老、很老。」你感覺到掌心的溫度，感覺到血液在身體裡流動，緩慢而深沉，與書生共鳴。那一刻，你的心真正安定了。

接下來的一切都迅速到難以回憶，你們移防拔營，長官大聲催促吆喝，一轉眼，你的馬不見了。你到處找馬，失了馬可是死罪，失了馬如何作戰？小洮來報，說是有人見著你的馬，一路往樹林裡奔去。你對老壺說要去找馬，立刻回來，跑了幾步，就被老壺趕上，他低聲對你說：「找到馬就回家，千萬別回來！聽見了？千萬別回來。」

你無暇思考，只知道要把馬找回來，你拚命衝進樹林，一路吹哨，在這緊要關頭，馬為什麼逃跑了？那匹馬一向通人性，與你默契極佳，是你在將軍府餵養長大的。「阿渺！」你大叫。再跑幾步就看見了馬，悠閒的在樹下甩著尾巴，你狂奔過去，對牠說：「我們快回去，要打仗了。」你拉不動轡繩，阿渺不肯走，不肯去戰場。「我也不想啊。」你突然明白老壺說的話，他這一次不再逃跑卻讓你逃跑，逃回家，不要死。書生說的話你也明白過來了，人為什麼要相互廝殺？為什麼不能好好活著？活著是如此美好的事啊。

「可是，他們是我的家人。」你把頭抵住阿渺的頭，掙扎著吐出這樣的話語：「我們起過誓，要同生共死的，我不能丟下他們。」那一刻，你發現自己準備好了，最糟不過是死，死也要在一起。睜開眼，阿渺深幽晶亮的眼睛，溫柔的注視著你。

可惜，殘酷的殺戮戰場是不等人的，你和阿渺衝回去的時候，看見的是隊友的殘破屍體，老壺、書生、獵人、

小洮，他們都在，也都不在了。你的熱血沸騰，要為他們報仇，你衝向敵人，你殺紅了眼，你發出野獸的嘶吼，而後，一支長矛刺進胸膛，你摔落地面，看見自己的血噴出來，你聞到那種甜腥的氣味，好濃烈啊。天一下子就黑了。

你睜開眼睛時，轉頭發現小洮睡在身邊，他身上的血已經暗黑凝結了。這孩子再也不必擔驚受怕，那灰白如陶器的臉龐，你想伸手摸一摸，卻辦不到。起誓的溫度仍留在掌心，要一起活著，好好活著，直到很老很老。這樣的誓約，是無法信守的了。你感到無邊無際的孤獨，以及寒冷。淚水滑下，而你已無法感覺。

孤獨的緣起

詩經・邶風・擊鼓

擊鼓其鏜，踊躍用兵。土國城漕，我獨南行。
從孫子仲，平陳與宋。不我以歸，憂心有忡。
爰居爰處，爰喪其馬。于以求之，于林之下。
死生契闊，與子成說。執子之手，與子偕老。
于嗟闊兮，不我活兮。于嗟洵兮，不我信兮。

擊鼓敲鑼的聲音鏜鏜響著，兵士們爭先恐後的上戰場。許多人在為國君大興土木，修築城牆，而我卻被徵兵，朝向南方前行。

兵士們跟隨著公孫文仲大夫出征，並與陳國和宋國的軍隊會合，這場戰爭不知何時才能結束，才能回家，我們心中充滿憂傷。

在倉促的移防之中，不知哪裡才是紮營休憩的所在，也不知道何時才能好好停留休息？稍不留意，便遺失了馬，只能四處尋找，終於在樹林深處找到了。

我們五個同伍的人，曾經慎重發誓：「只要活著就一起戰鬥，只有死亡能將我們分開。」握著彼此的手，我們說出了這樣的諾言，期待可以戰勝，活到滿頭白髮。

然而命運豈是我們能預料的？悲痛令我生不如死。生與死的遙遠距離，終究使我成為背棄信約的人了。

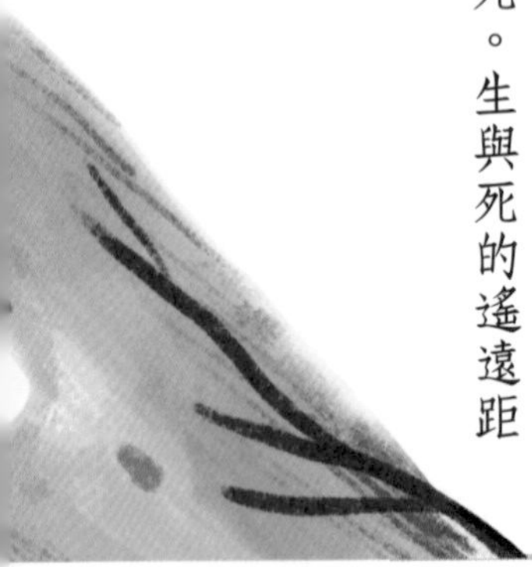

長久以來，許多人對「執子之手，與子偕老。」的理解，都是一則浪漫的愛情誓約，牽著愛人的手，不輕意放開，我們將要長長久久的相伴老去。然而，這首〈擊鼓〉詩，描述的是一個歷史場景，一場死傷慘重的戰爭。

兩千七百多年前的春秋時代，衛桓公罷黜了驕奢無德的弟弟州吁，十四年後，離開衛國的州吁，進行了弟弟的復仇，他殺死了衛桓公，篡位成為國君。衛國發生了兩個月的鬥爭與內亂，最終還是由州吁上位了。

為了得到其他諸侯國的認同，也為了確立自己的地位，州吁找了個藉口，說服陳、宋、蔡三國一起討伐鄭國。

在《禮記》中提到，孟夏時分是田中農作物與山中草木生長的季節，不該大興土木，更不該興兵作戰，毀壞了天地的生機，這是逆天而行的，無法得到祝福。果然，衛國兵士在這場戰爭中狼狽挫敗，死傷慘重。

〈擊鼓〉，應該是激動軍心奮力向前，然而，他們奔赴的卻是死亡，而且不知為何而戰？為何而死？

還記得起誓時，被熱情燃燒的，認真的眼睛。起誓的人已經離開，誓言被風沙吹散，只剩下眼淚。

孤獨處方箋

《詩經・衛風・木瓜》

投我以木瓜，報之以瓊琚；匪報也，永以為好也。
投我以木桃，報之以瓊瑤；匪報也，永以為好也。
投我以木李，報之以瓊玖；匪報也，永以為好也。

｜聆聽入口｜

參 橫空出世的前一刻

揀盡寒枝不肯棲，寂寞沙洲冷

孤獨的本事

你睜開眼翻身，高高的鐵窗外，幾片白雪閃著光，飄進斗室之中。前兩夜你被凍僵了，蜷著身子也不能睡，原來是天地正在醞釀著第一場初雪。

從秋天到冬日，竟在這苦牢中輾轉煎熬了兩個季節。御史台為什麼叫做「烏台」？他們說是因為這裡烏鴉多啊，烏鴉多的地方也不少，每回去廟裡不都是密密的烏鴉排列在樹上？然而，當你真正進了御史台，方才明白。這裡的烏鴉真多，黑壓壓鐵鑄似的，意志十分堅定的站在樹上，這裡一句「啊啊，啊啊。」那裡一句「啊啊，啊。」聲音宏亮刺耳，就像你入監之後，日以繼夜聽見的羞辱詬罵，你知道他們不只讓你認罪，更要你死。

從你在湖州公衙批公文，看見那群來自京師，要將你逮捕歸案的爪

牙，耀武揚威的吆喝與冷酷猙獰的面貌，你已經認出了死亡的輪廓。你沒有抵抗，順從的與他們一起走，只求他們讓你與家人訣別，他們不近人情的拒絕。不僅如此，還將你五花大綁拖出大街，湖州百姓見此景況又驚又痛，而又無能為力，只能跟在你這位父母官的身後哭泣相送，在這些哭泣聲中，你聽見妻與子驚惶失措的呼喚與哀聲。你不敢回頭，怕與他們相認也會牽累他們。

轉瞬之間，你就從備受愛戴的朝廷命官，成了戴罪之身，將死之人。

你還記得手腕在背後，被粗礪麻繩緊緊綑綁的壓迫與疼痛，與其說是驚悸、恐怖，不如說是困惑、荒謬吧。怎麼走到這一步的？

你二十一歲從四川來到京師，與你作伴的是十九歲的弟弟子由，帶領你們的是父親大人。那一年，應該是父親一生中最榮耀的時刻，你們兄弟二人都在科舉中出類拔萃，名動朝野，就連文壇盟主歐陽公也說，他日見你得避一避，只因你鋒芒盡露，勢不可擋。說這些話的時候，他的臉上閃動著讚賞的光亮。當朝皇帝宋仁宗對他的曹皇后說：「朕已找到了明日丞相。」你有數不盡的粉絲，許多朝臣想與你結交，青雲直上的前程彷彿是理所當然的。

舊帝崩逝，新帝登基，而你為母親與父親守孝，好幾年過去，年輕的宋神宗即位，他清楚看見朝政的荒怠；國庫的空虛，他想成為中興之主，他知道改革已是燃眉之急，他需要一位有理想、有魄力、不懼艱難、無畏流言的籌謀執行者，這個人確實有才幹與有擔當，他是王安石。

他在神宗皇帝的主導下，雷厲風行的推動起新法來了。新法並不是不好，只是推行的手段過於積極，造成更嚴重的社會問題。朝廷官員因支持與反對的立場不同，形成了新黨和舊黨，從此陷入五十多年傾軋惡鬥，排除異己的新舊黨爭。

你並不是反對新法，你只是聽見百姓痛苦哀號覺得不忍，你只是身為知識分子必須為黎民發聲，於是你上疏為天下蒼生請命，你提出了新法推行的弊病，每一條都在情在理，犀利的眼光，清晰的邏輯與動人的文采，連新黨集團的人讀來都幾乎要被說服了，這是萬萬不可的啊。

你被匡列進舊黨，攻訐污衊紛沓而至，你並不是沒有警覺的，朝廷中已無可置喙，但田野間還有許多值得守護的善良百姓，「他們需要我。」你告訴自己。於是，你自請外派，走出朝廷，等待著你的是杭州城的青山綠樹，是西湖的朝煙夕霧，這一去就是三年。你帶領著百姓整治西湖，廣植樹木，救助饑荒，抵抗瘟疫，你不是高居公堂的大人，你是疲憊奔走於百姓身邊的大學士。你是他們的父母官，是他們最親切的好朋友。

西湖因你而風光明媚起來，因你而成為淡妝濃抹總相宜的絕色西施。西湖，根本就是故鄉啊。

你伸出手，想捉住一片雪花，卻落了空。

前幾天，看守你的獄吏梁成，將兒子蘇邁送來的飯菜端到你面前，又添上一杯酒：「老妻釀的，學士嘗嘗。」還說起自你下獄之後，杭州與湖州百姓自動自發為你建解厄道場，日夜誦經祈福，祝願學士早日重見青天。「學士千萬珍重。」他懇切的說。你點了點頭，將杯中的酒一飲而盡。

在半夢半醒之際，你還能看見田地裡的農民曬得黝黑的臉龐，笑呵呵的望著你；一個胖嘟嘟的小孩兒，捧抱一個胖嘟嘟的白蘿蔔，喚著你：「大學士，蘿蔔蘿蔔，給。」你伸手抱起孩子，無限的溫暖與柔情，你的幼兒也差不多是這樣的年紀呢。而後，醒來只是虛空。

你還記得從杭州調到密州，臨行前夕，官場好友楊元素為你餞別，你填了一闋詞〈南鄉子〉，其中有這樣幾句：「何日功成名遂了，還鄉，醉笑陪公三萬場。」那時的你還是意氣風發的，還想著自己總有功成名就的一天，到時候，你將重返杭州，這故鄉一樣充滿情意的地方，用歡笑與醉酒來完整心滿意足的一生。

怎麼也想不到會有這樣一天，竟因為小人的讒謗構陷，進了烏台監獄。你的豪情壯志，滿腹錦繡的才情，全都枉費了。

你對自己的人生際遇感覺困惑，困惑的感覺甚至超越了恐懼。

弟弟子由沒有一天不為了營救你而疲憊奔走，你聽說了他對你被羅織罪名的真實感想：「獨以名太高。」名氣太大，崇拜者太多，竟成了你的死罪。你一面感激於兄弟知己；一面愧疚於自己對家人的牽累。一晚又一晚，你睜著眼不能睡。你囑咐常來送飯的兒子蘇邁：「如果有一天聽說我被判了死刑，記得給我報個信，就送條魚吧。」臨死而不懼，固然太難，總要有個心理準備，才能坦然面對。

那一天，魚來了。

看著那截魚肉擺在面前，是你最喜歡的酢魚，而你無法舉箸，心亂如麻。

你想要說點什麼，找個人說說話，如果這是你人生中最後一次的魚，應該吃了牠？還是留下牠？到了這個時候，這竟然變成你此刻唯一可以選擇的事，何等荒謬？

你必須留下幾句話，給弟弟和家人，你向梁成討了紙筆，寫下了〈獄中寄子由〉兩首，給弟弟的詩中最有名的是這兩句：「與君世世為兄弟，更結來生未了因。」這輩子成為惺惺相惜，水乳交融的兄弟，卻仍感覺不滿足，下輩子呢？下下輩子呢？還要成為相互扶持，相親相愛的親兄弟。

然而這一切都是癡心妄想吧？連這一世都無法掌握，不由自主，還奢求生生世世？

烏鴉都安靜了，雪也下來了。這是生命裡的最後一個冬天？

想當年，同樣是下雪的隆冬，你與子由在廟裡投宿，同蓋一床被子，要是蓋住了你就蓋不住他，擔心對方受涼，扯了一晚上被子，你們誰也沒能睡著。天亮之後就要趕路，那崎嶇難行的山路，是你們一起走過的，困窘的日子，遙迢的山徑，聽著病弱的驢子寸步難行的哀號聲。這樣的記憶，在你走後，只有子由一個人記得了。在密州的中秋節，因為想念久未相見的子由，所以填了〈水調歌頭〉這闋詞，「但願人長久，千里共嬋娟。」人，並不能長久了，也無法抬起頭望著同樣的月亮出神了。

你感到心痛難忍，並不是為了自己，而是為了從此之後，只剩下弟弟孤伶伶一個人。

「不到一個月就要過年啦！」不知哪個獄卒發了一聲喊，沒頭沒尾的。

過年的團圓，也與你無關了。

你嘆了一口氣，請託梁成將訣別詩交給兒子帶出去。

你並不知道，蘇邁那日因事出城，拜託旁人送飯，忘了說明不可送魚。送飯人得了上好的酢魚，想著給你加菜，特意送了進來。其實與判死無關。

你並不知道，如今已是太皇太后的仁宗曹皇后，義正辭嚴的向神宗說情，必須留你一條性命。你更沒想到的是那個執著的拗相公王安石，罷相後已然歸隱山林，聽說你身陷囹圄，命在旦夕，大為震動，立刻修書一封，快馬加鞭呈送皇帝，他簡單明瞭的向神宗提問：「安有聖世而殺才士乎？」皇帝若是個聖明之君，怎麼會誅殺有才能的臣子？原來，在政治上你們的立場不同；在靈魂上卻是互相輝映的啊。如果對方黯淡下來，便要用自己去照亮他。

皇帝賜了你一個枕頭，是夜裡讓人偷偷塞進牢裡的。你確實困倦不堪，沉沉睡去。

除夕之前，你走出了烏台監獄，雙腳再次踏在地上，貶謫黃州是新的處分，不能簽署公文、沒有官餉與棲身之地，你孑然一身的向著那個荒僻艱苦的黃州，一步步走去。沒有什麼可抱怨的，至少，你活了下來。

一百三十天的黑牢生活，已經烙印在你的生命底層，你很真實的描述了這種心情：「隻影自憐，命寄江湖之上；驚魂未定，夢游縲紲之中。」時時活在恐懼之中，感到自己如此孤單，朝不保夕。

前往黃州的道路是艱難的，像是被投入荒地，你感覺自己的熱情似乎一點一點的沒滅了。你有些懷疑，活下來的自己還是原來的自己嗎？還能成為原來的自己嗎？

無家可歸的你，暫時寄居在黃州定慧院，寺廟裡的暮鼓晨鐘所幸是熟悉的。你在燈下寫信，不確定是否寄出？沒有人寫信給你，你寄出的信也無人回覆，好像徹底被遺忘了。向著天地之間投出的石子，沒有漣漪，也聽不到回聲。

這又是一個失眠的夜，輕巧的披衣起身，走出寺外，在那片沼澤濕地中，也有一個白色的身影緩緩移動，你走他也走，你停他也停，彷彿是自己的影子。一陣風來霧氣散去，這才看清楚，原來是一隻白鳥。

那隻鳥正在沙洲上揀枯枝，只見牠揀起之後又丟下，再繼續挑挑揀揀，天候愈來愈寒冷，保不定什麼時候要下一場大雪，這鳥還在執著什麼呢？你望著那孤獨瑟縮的身影，忽然明白了。「揀盡寒枝不肯棲，寂寞沙洲冷。」牠也只是在找一枝能感覺溫暖的樹枝，偏偏遇到的盡是寒枝，這是命運的給予，根本無從選擇的。

原來是命運的給予。你看著白鳥長嘯一聲，振翅飛起，覺得心中的不平與怨憤忽然緩緩落下，牠飛走了，不再執著。你覺得自己也可以，你還不明白那種朦朧的意志是什麼？只覺得自己落入最深的幽谷，而後變得輕盈，可以飛翔超越。

你超越了，於是有了〈前／後赤壁賦〉、〈念奴嬌——赤壁懷古〉等等，這些永垂不朽，照亮歷史的文學巨構。既深刻又曠達，既灑脫又哲學。當你獨自一人，踏著月色走回寺廟，輕輕關上院門，踱進另一個無眠的夜晚，哪裡知道，一個叫做蘇東坡的巨人，就要橫空出世了。

孤獨的緣起

卜算子・黃州定慧院寓居作

蘇軾

缺月掛疏桐，漏斷人初靜。
時見幽人獨往來，縹緲孤鴻影。
驚起卻回頭，有恨無人省。
揀盡寒枝不肯棲，寂寞沙洲冷。

殘缺不圓的月亮，掛在葉子落盡的梧桐樹梢。滴漏已停止，夜已深沉，也再聽不見人聲。時而見到一個幽居的孤單身影，獨來獨往，那飄忽孑然的身影，如同一隻孤獨的鴻鳥一般。受到驚嚇，於是回頭張望，心中有幾許憾恨，卻無人知曉。挑揀了許多寒枝都沒有合適的，只能在沙洲上度過淒冷的夜晚。

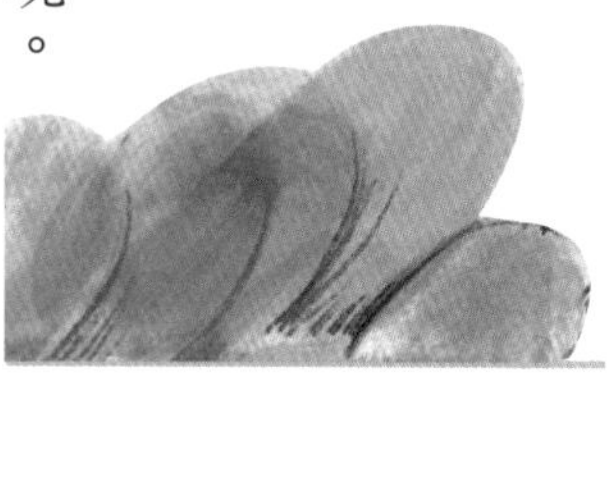

每當中秋節，全球華人不管是吃月餅過節；戴柚子帽過節；提燈籠過節或是烤肉過節，在這個團圓的日子，總要唱上幾遍〈水調歌頭〉才覺得完整。「明月幾時有，把酒問青天。不知天上宮闕，今夕是何年？」就算不知道這闋詞是蘇軾的作品，去餐廳吃飯時，也有機會吃上幾塊紅潤濃香的「東坡肉」。蘇東坡就是這樣一個親切的、值得懷想的風流人物。

然而，他也曾經年輕氣盛，鋒芒畢露，直到那場突如其來的「烏台詩案」。剛開始有人透露風聲給他，說是神宗皇帝在檢閱他的詩，他還不以為意，粉絲滿天下的他，以為皇帝終於注意到他的才情橫溢了。結果迎接他的竟然是牢獄之災，是與死神的近距離接觸。

從死牢中走出來，一步步向黃州走去的時候，他的鋒芒萎落，當他牽著牛，親自墾荒耕種，匍匐向泥土中祈求收穫，那樣卑微，那樣虔敬。在絕對的孤獨中，他看清了面前都是寒枝，無可棲息。他不僅是要面對痛苦，戰勝痛苦，他找到了超越痛苦的態度。把寒枝高高疊起，熊熊燃燒，而後將自己投擲進去，成為浴火鳳凰。

孤獨處方箋

〈臨江仙・送錢穆父〉蘇軾

一別都門三改火，天涯踏盡紅塵。依然一笑作春溫。無波真古井，有節是秋筠。惆悵孤帆連夜發，送行淡月微雲。尊前不用翠眉顰。人生如逆旅，我亦是行人。

|聆聽入口|

肆

背叛者的迷蝴蝶

滄海月明珠有淚，藍田日暖玉生煙

孤獨的本事

你最常想起的那張臉孔是誰呢？

當你來到四十五、六歲的時候，是否知曉自己已進入了晚年？這樣的人生似乎太匆促了，然而，對於總在徬徨失意的人生道途中，顛沛坎坷而行的你來說，能夠獲得長久的休息，一切苦惱皆斂止，也不是一件不幸的事。你的愛妻已過世了幾年；你毫無起色的幕府生涯也已疲憊不堪；你發現自己的嘆氣與怔忡愈來愈多。

常常想起的，是那張和藹慈愛的臉孔，是你最初感受到的溫情與厚愛，那是你的提攜者，令孤楚。

父親過世時你只有十歲，已經感受到沉重的壓力席捲而來，母親帶著你和年幼弟妹，回到老家河南，在那裡依然無法自給自足，你很早就知道靠著親戚接濟度日，是什麼樣的滋味。

母親總是卑微抱歉的，帶著討好的笑容，好像是自己犯了錯，希望獲得原諒。在外人面前是如此，在家人的面前也是如此，那張面具再也脫不下來了。記憶中母親那樣開朗秀媚，整天帶著喜悅神情，有時像個小女孩一般咯咯笑著，一切都是很遙遠飄忽的，你甚至懷疑，會不會只是你的想像？從來沒有這樣的一個母親？

為了母親，為了弟妹，你必須更快速的成長，更堅強的擔負起家庭重任。你最早學會的生活技能是抄書與寫信，用工整的字跡一筆一畫的寫著，從白天寫到黑夜，從黑夜寫到天明。為了母親在寒冬裡的手爐，你必須寫字；為了弟弟上學有一塊好墨，你必須寫字；為了幫妹妹換一件棉衣，你必須寫字。你的手腕紅腫僵痛，手臂常常抬不起來，咬著牙，忍著痛，還得寫字。

叔父發現你的才華，教你讀書作古文，年僅十六歲，你便寫出驚人的好文章，這一回，是許多人傳抄你的文章，驚歎著：「這豈是十六歲少年所能為？」這些驚歎的士大夫中，有一位是常與白居易和劉禹錫唱和的節度使令狐楚。他是傑出的政治家與文學家，竟然致信給你這個未出茅廬的小夥子，表達了無限的讚賞，他邀請你與他相見，而後留你在身邊。

頭一次見到他，你在那年近半百的長者身上，讀到的是無限憐惜，他憐惜你的才高，也憐惜你的寒磣。他叫你抬起頭來，坦然的注視他人，也注視這個世界，他溫愛的對你說：

「你就跟在我身邊吧。不用擔心家裡人，我會安排妥當的。你只要安心讀書寫作，求個好前程，這樣就好。」

他是駢文達人，一心想要傳承這極度耽美的對偶與韻律；你是一個深深的容器，可以盛裝他大半生的所得與珍惜。

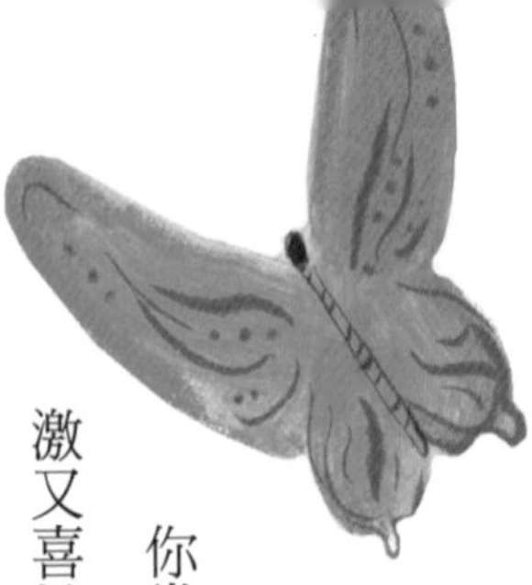

你常住在令狐府中，偶爾回家，娘親臉上的卑微面具卸下來了，她感激又喜悅的給你看，這個那個，都是令狐府送來的，現在什麼都不缺了，還有得多，親戚都羨慕得眼裡出油。「咱們可得報答大人的恩情啊，大人是你的再造父母。」母親收起笑顏，正色對你說。

是的，是今世重逢的父親。他一得了你寫的好駢文，就四處炫耀給人看，笑吟吟地說：「吾家義山，不世之才。」義山是你的字，聽他喊來，心裡特別溫熱，一下子貫注全身，直到指尖，那是父親的愛。

他刻意讓自己的兒子阿綯與你親近，坐則同席，出則同車，甚至讓裁縫給你們縫製了同款式的華服，坐在一起彷彿雙生子。但是阿綯人高馬大，器宇軒昂，你知道自己在他面前永遠矮一截。

「怎麼不叫阿爺？」阿綯有時似真似假的笑著問你。

既然我父親把你當兒子，怎麼不喚他一聲爹？這樣的調侃你懂得。

「阿爺。」

心裡其實喚了許多次，有時甚至帶著淚，但你還是要有骨氣，要記得自己的出身，你是落魄了的貴族後代，要靠自己光宗耀祖。靠自己是何等艱辛的路途，你執意要走。對於自己的才能與際遇，還是頗有信心的。

然而，令狐楚病逝了。

當他臥病之後，你便被隔絕開來，無法再求見。心裡隱隱知曉，你已被排除在外，但還是徘徊不忍遠離，不能見面，便在近處，也權充陪伴。你癡心的守著，一日復一日。

最後的道別是在靈前，你勉強躋身在門生的行列，自知已是最好境遇。你雙膝跪地，深深叩首，哀哀的哭進土裡，祭奠再一次被斬斷的天倫父子情。此後，真的是孤兒了，再也無依無靠。

你曾在好友蕭澣興建的夕陽樓上，寫下一首自感身世的詩：「花明柳

暗繞天愁，上盡重樓更上樓。欲問孤鴻向何處？不知身世自悠悠。」曾經幫助過也賞識過你的蕭澣被貶官了，只留下這座高樓。你一步步往上走，卻看不見未來的出路，科舉與仕宦皆充滿荊棘。

那時的你，或許也想起年老的令狐楚，想到他離開之後，你又將成為天地之間孤獨淒涼的一隻鴻鳥。如今，這一切都到眼前，你是如此哀痛，感覺自己被劈開，永遠無法復原。

你在天地間飄流著，沒有落腳的地方，你曾經向阿綯請求提攜，他給你的回覆是疏遠與冷淡。你們只是穿過同款衣飾，坐在同一間廳堂中，那並不代表什麼。你們一直是無關的兩個人，既然已經無關，就沒有什麼好顧忌的了。

在那「牛李黨爭」紛紛亂亂的時刻，一封聘書的到來，解了你的燃眉之急。涇原節度使王茂元邀請你入他幕府，這是你熟悉又有經驗的工作，未經深思熟慮，便啟程赴任。到了涇原才發現，王茂元是「李黨」的核心人物，而令狐楚整個家族都是「牛黨」。壁壘分明，不容越界，但你還是越了界。

王茂元早聽聞你的文才，也聽說了你的蓬草飄零，他想將你留在身邊，於是，在筵席上介紹了愛女晏媄與你相識。這是你人生的最幸福，也是大災難。

多年以後，你仍對人說起這段姻緣，你說自己一點也不後悔，娶了晏兒為妻。她初次在你面前出現，你感覺鼻腔一緊，心臟微微收縮，晏兒的臉上洋溢著單純的喜悅，她並非人事不知，只是不識哀愁。她那黑白分明的眼眸專注凝望著你，你便可以安心睡下，在她的裙襬邊，再沒有什麼好擔心的。就像小時候，一切變故皆未發生，酣然沉睡在母親身邊。

由王茂元作主，你娶了晏媄為妻。真的不想再飄零了，你真的想要一個家。

成為「李黨」女婿之後，生命中最大的震盪發生了。令狐綯與你恩斷義絕，牛黨的前輩和同僚對你大肆抨擊辱罵，他們稱你為「背叛者」，你背叛了恩人與情同父子的老師，你是個令人唾棄的下流人物。「李黨」上上下下對你也是萬般不齒，你成了他們嘲諷的對象，「賣主求榮」、「品行不端」、「心性輕薄」。「背叛者」的污點烙印，永遠無法去除。

如果重來一次，你會如何選擇呢？有時候我真想問問你。

我想像著你抬起頭，坦然的注視我，並且說：「這是我的命運，命運如此強大，不可能重來。」

「但，還是有些綺麗的時刻吧。」我想到你的那些〈無題〉詩，想到那些與你的名字連繫在一起的女子。你最常想起的那張臉孔是誰呢？是你的祕戀者。她可能是富商之女柳枝；她可能是女道士宋華陽；她可能是令狐家的侍兒錦瑟；她可能是早夭的初戀情人荷花……她也可能根本不是任何一位。

你細膩的寫出了戀人的相思與默契：「身無彩鳳雙飛翼，心有靈犀一點通。」寫出離別時的難捨難分：「春蠶到死絲方盡，蠟炬成灰淚始乾。」寫出被隔絕的戀情與苦楚：「直道相思了無益，未妨惆悵是清狂。」

但你絕不會透露她的名字與身分，她是你的謬思，而你謳歌的是愛情。

你的相貌並不英俊，你的際遇也不順利，怎麼會有這麼豐富的情感經歷？其實，男人愛慕的是女子的姿容；女人傾倒的卻是男子的才華。自古至今，皆是如此。

是這些跌宕起伏，坎坷失意，相遇、悸動、纏綿、分離、思念，細細密密的編織了你的人生。

當你看見一張華美的瑟，聽見那沁入肝脾，哀感頑豔的樂曲。輕輕的，你闔上自己的眼睛，許多往事紛上心頭，就像是莊周做了一場夢，夢中成了栩栩然的蝴蝶，每個場景，每次觸及都那麼真實，醒來之後，仍困在迷惑中，究竟是莊周做了蝴蝶夢？還是蝴蝶做了莊周夢？虛虛實實，無法分辨。

要用什麼樣的文字來形容，千瘡百孔卻又如此耽美的一生？被愛過、被辜負、被虛擲、被看重、被鄙夷，就像那茫然萬頃的大海，月光正好的夜晚，緊抱著明珠的蚌開啟，瑩亮如淚的光輝，柔和而耀眼。就像是藍田一帶的山上，醞藏著美玉的地方，在太陽的照射之下，便能看見裊裊輕煙。海上的明珠，山中的美玉，說的都是你自己，有明月與朗日的照耀，才能散放出美玉的光澤。

你曾經擁有過，而後又失去了。唯有追憶，永難忘懷。

你最常想起的臉孔是誰呢？是你自己，這迷惘孤獨的一生。

孤獨的緣起

錦瑟

錦瑟無端五十弦，一弦一柱思華年，
莊生曉夢迷蝴蝶，望帝春心託杜鵑。
滄海月明珠有淚，藍田日暖玉生煙，
此情可待成追憶，只是當時已惘然。

李商隱

如此美麗的瑟，不知為何竟有五十根弦，
彈出極為哀婉動人的樂曲，
每一節樂章都讓我想起自己的美好歲月。
莊周做了蝴蝶夢，醒來仍覺得迷惘；
望帝也只能在杜鵑鳥的叫聲中，
寄託無窮無盡的悔恨。
滄海明珠沐浴在月光下，
晶瑩剔透如同淚光。
藍田深埋玉石的地方被暖陽照射，
會有輕煙冉冉上升。
這些情感都只能成為回憶了，
只是身在其中的時刻也是悵惘的。

眼見一個偉大王朝的崩毀是很無助的吧？烙印著令人鄙視的「背叛者」印記是很痛苦的吧？

李商隱是晚唐最受矚目的詩人，因為家庭環境的因素，始終進不了主流之中，縱使曾經有過賞識他的大人物，如師如父的讚賞他，給他溫暖與愛，卻無法在他的科舉與仕宦途中，給予更有力的提攜。李商隱一直感知自己的才華與秉賦，他自許為人上人，卻沒有機會更上層樓。

在他幾乎要放棄的時候，遇見了一個機會，成為王茂元的幕僚與女婿。他是很感性的人，也是唯情主義者，因為感激，他接受了命運的安排，成為一個忘恩負義的「背叛者」，「牛李黨爭」的牲祭。

那種無人可以訴說的怨憤委屈，使他成為一個孤獨的人。

在罹患眼疾的晚年，回想自己四十餘年的生命歲月，是如此難以描摹。不會是絕句，也不是律詩，應該是一篇華麗無匹的駢儷文。年少時令

狐楚親自傳授的，每個字的對仗、聲韻、意象，都精雕細琢，登峰造極，美到動人心魄，美到無限悲哀。

在李商隱最後的病中，他已分不清白天黑夜，他仍記得許多年前，經過京城的「樂遊原」，那裡是許多文人雅士登高賞景，抒發胸臆的名勝，他在那裡駐足，寫下了必定會永傳後世的作品：「夕陽無限好，只是近黃昏。」

這夕陽的帝國，鎏金的華麗，是眼瞳中的至美至愴。而那溫暖，不久就會沉落暗夜的溫暖，仍令人留戀。他挪動身軀，想更靠近一些。

不想再做無畏的爭辯了，只需要一點溫暖，在暗夜降臨之前。

孤獨處方箋

〈登樂遊原〉李商隱

向晚意不適，驅車登古原。
夕陽無限好，只是近黃昏。

｜聆聽入口｜

伍 永不停泊的難民船

欲祭疑君在，天涯哭此時

孤獨的本事

數不清多少個暗黑的夜裡，已經熟睡的我，被一種撕裂般的恐怖吶喊驚醒，兩、三秒後，那個在你身邊睡著，同樣被驚嚇醒來的女人便溫柔的撫慰著：「做夢，是做夢，沒事喔，沒事。」而後是惡夢者的呻吟低語，漸漸無聲的安靜下來。床頭的小鬧鐘滴答滴答走動的聲音很明顯，夜，更暗黑了。

有時候我會在次日早晨問你：「爸，你昨晚做惡夢啦？」

你有時回答不記得了，有時問我：「把妳吵醒啦？」

「沒關係，我一下子就睡著了。」

這便是伴隨著我成長的背景聲音，夜復一夜，到底能有多少嚇人的惡夢？頭一次在洛磯山脈看見編織美麗的捕夢網，我立刻想到你，但又覺得這麼小巧的網子，哪裡能網得住你那驃悍猛烈的惡夢大軍呢？

你誕生在北方農村的貧窮之家，先天失調，體弱多病，必然不討喜，十幾歲便被打發到城裡做學徒、討生活，捱了許多辛苦，看不到出頭天，戰爭來了。你當兵入伍，那時候都說「好男不當兵，好鐵不打釘。」但你連小學都沒畢業，為了活下去，你成了海軍，一九四九年跟袍澤們一起來到這座島嶼。南方、潮濕、溫暖，陌生的領地和語言，在那場大撤退中，一百多萬軍民踏上這塊土地，聽見的口號是：「一年準備，兩年反攻，三年掃蕩，五年成功。」

「反攻反攻，反攻大陸去。大陸是我們國土，大陸是我們的疆域……」童年時唱著這首愛國歌曲，總能聽見你抑揚頓挫的和聲。然而，反攻大夢只是歌，始終沒有成功，我們這一代長大了，你們逐漸老去，歷史已然翻頁。

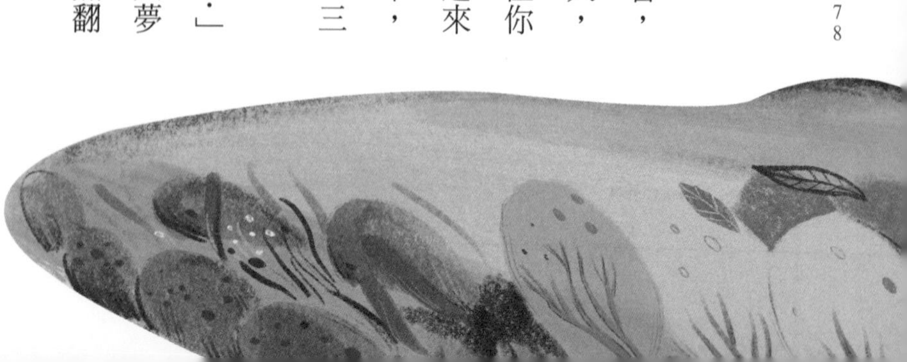

這確實是座美好而溫暖的島嶼，也是你娶妻生子安了家的地方，然而，在某些狂躁的時刻，只求選票，不講情理的那些時刻，你和你的老兄弟們，總是被攻擊的目標，雖然你們用性命保護過這片土地，雖然這是你們唯一的家。

你們被指責為掠奪者，既得利益者，他們用畜牲的名喚你們，叫你們滾回去。在那一百多萬的難民裡，也許有資本家；也許有政客，但，你們只是沒有學歷、沒有財產，沒有謀生能力，最底層、最低階的小兵。你們不是掠奪者，你們的人生才是被掠奪了的。但你們什麼也無法分辯，反正也沒有人在乎。

你們已經從小兵成了老兵，沒有戰鬥能力，不能護衛自己，唯一僅剩，只有手中神聖的一票，你們從低矮的平房走出來；從眷村改建的大樓走出來，拄杖走出來；轉動輪椅滑出來，為的是將票投給不曾謾罵羞辱過你們的候選人。雖然，我與你們的立場常常不同，但我可以理解，在這個人格被踐踏到底的時刻，你們只是想維持薄弱的尊嚴，如此而已。

「孩子啊，你要用功讀書，爸爸沒有土地，也沒有錢，什麼都給不了妳，也幫不了妳，妳只能靠自己。」

從小就這樣聽你說，說了一遍又一遍，偏偏我就是學習成績不好，你的話語帶給我很大的壓力。我知道你這麼努力，想要給我們衣食無缺的生活，我卻無法成為你期待的那種孩子。

這幾年才明白，你其實是感到愧疚的吧？因為自己什麼也不能給兒女。但你教會了我白手起家、勤懇踏實；你也教會我善意與付出，愛和關

懷，這是多麼貴重的態度與價值。

念中文研究所那年，差不多就是你登船來渡的歲數，你終於有了點笑容，應該沒想到這個女兒幾番輾轉，竟然考上了碩士班。埋首圈點古籍，成了我的生活內容，近視愈來愈深，雙眼愈來愈痠澀。有一天，突然看見了張籍的兩句詩：「欲祭疑君在，天涯哭此時。」心中一動，幾乎要落淚。

我想到了每年的清明節，同學們都要返鄉掃墓，我們卻無墓可掃。我從不會天真的問：「為什麼我們家沒有祖墳？」身為難民的下一代，我很早就學會察言觀色。除夕夜圍爐前，我們早就摺疊了許多金元寶，你裁好紅紙，慎重其事用毛筆工整寫下：「張家列祖列宗之牌位」，領著我們焚香祭拜，燒化元寶。

在兩岸訊息無法相通的日子裡，你在心裡問過多少次：「他們都還在嗎？父親、母親、哥哥、嫂嫂、姊姊、姊夫……他們都還在嗎？」你只在心裡問，家中的妻子與兒女，沒有人能回答。那時候的你，感覺很孤獨吧。

兩岸的壁壘分明漸漸鬆動，可以通信了，你寄了信回老家，地址是這樣寫的「○○省○○縣○○村老槐樹左邊第三家」，我那時年輕氣盛，覺得這樣根本不可能寄到的，於是好幾次逼你認真想個有效的地址，否則，這樣的信寄了也是白寄，有什麼意義？但你說這就是你唯一僅有的，對於家的記憶。

過了幾個月，老槐樹第三家的回信竟然來了。爺爺、奶奶死於大饑荒；大伯父自殺、大伯母病逝；大姑媽與大姑父在唐山大地震時罹難，你哭了又哭，雖然隔了這麼多年才得知死訊，悲傷卻一點也沒有減少。

與晚輩們通過幾次信，你決定返鄉探親，回到睽違四十年的「老家」。母親來自河南，你來自河北，我決定成為護衛，陪著你們返回黃河流域。從台灣搭機到香港，辦好簽證手續後再搭火車到廣州，過關以後，才能搭飛機或火車往家鄉去。在機場和廣州火車站，看見許多拖拉著大、小行李的老兵，緊張、亢奮、驚惶、暴怒，沒有一雙眼睛是安定自若的。有的人在機場睡了兩天，還排不到機位；有人身上的金項鍊被偷了，瘋狂暴走喊叫；有人蹲在地上把行李全翻出來，哭喊著：「我的護照啊？我的老娘在等我回家，我回不了家啦。」我們只能從他們身邊經過，悲憐卻無能為力。

那不是你的命運，你的命運似乎更為荒謬。

明明是酷熱的七月暑夏，你的手卻是冰涼的，我知道為了這次返鄉，三大件、五小件的打點，各種金飾的購置，去銀行買美金與旅行支票，塞滿六只行李箱的禮物，如何耗損精力，而你疲累至極卻毫無睡意。你等這一天，已經等了四十年。

當年，你和二伯一起來到台灣，沒想過就再也回不去了。為了這次返鄉，你提前辦理退休，忙了幾個月。當火車來到石家莊，二姑的兒子和大伯的兒子們都在月台等待著，全是未曾謀面的親人，大家手忙腳亂把我們扶下車，一邊放聲大哭，一邊叫喚著：「二舅啊，可把你們盼來了。」「二叔！二叔啊。」喚二舅的，叫二叔的，那樣熱情卻得不到回應。

你錯愕的望著他們：「我是三舅，我是三叔，我是老三。」

他們把你當成了二伯了，二伯相貌堂堂，聰穎自信，是家裡最鍾愛的孩子，也是這個家族的榮耀。而你孱弱卑怯，是被忽視與厭棄的孩子，亂世中沒有人關心你去了哪裡？你是否還活著？沒有人提起過你，好像你從未出現在這個世界上。對這些晚輩來說，你根本是不存在的。

一個不存在的人，是多麼孤獨啊。

月台上突然寂靜的三秒鐘，是我永遠也不會忘記的突梯荒謬與哀傷。

將近九十歲時，因為藥物影響與往昔創傷，你罹患了思覺失調症。整整三天三夜，不吃也不睡，只是反覆向我訴說往事，一遍又一遍的說著。

你說你原本在一座島上戍守，有位艦上的袍澤想下船，於是與你調換，你才剛上艦去，那個島就被攻陷，全軍覆沒了。你說你在艦上待了三個月，因為二伯結婚，所以請假回台灣，沒想到那艘軍艦被炸沉了。這樣的奇特經歷，我聽你說過，在你還年輕，我只是少女的時候，像個傳奇那樣聽著，你總是講到船沉了就停住，我對你說：「這就是大難不死，必有後福啊。」

「應該是祖上積德吧。」你淡淡的說。

然而，在你狂亂失控的時刻，你的故事變長了。你說軍艦被擊沉之後，軍方舉辦了公祭，他們叫你寫一篇祭文宣讀，哀悼通訊班的兄弟們。你講到這裡，混身顫抖，喘息濁重，無助的看著我：「我要怎麼寫啊？他們，他們都死了，我卻活著，我應該跟他們一起死，死的人應該是我啊！

我要怎麼寫啊？」你放聲痛哭，我也忍不住的哭了。

就算我能護衛你回老家；護衛著你的老病衰弱，但我如何能護衛你年輕歲月中，那些殘暴與恐怖，以及永遠不能痊癒的自責和愧疚呢？他們在你的記憶中，死了一回又一回，所以，你在夜夢中哭喊尖叫，無法掙脫。

後來認識了幾位難民第二代，講起父親的老年，才發現你們許多人到了老年，身心變弱了，心魔變強了，綑縛著你們，緊緊箍住，令你們無法呼吸，於是陷入了恐怖與狂亂之中，你們的病癥很類似——雖不在同一條難民船上，卻是永遠飄蕩，無法停泊的那一艘。

孤獨的緣起

沒蕃故人

張籍

前年伐月支，城下沒全師。
蕃漢斷消息，死生長別離。
無人收廢帳，歸馬識殘旗。
欲祭疑君在，天涯哭此時。

前年攻伐月支*時，
在城下一役中全軍覆沒了。
蕃地與關內消息斷絕，
是生是死都不能相見。

*唐時善戰的遊牧民族

那些廢棄的營帳還在戰場上，無人收拾；
歸來的戰馬卻還認得殘破軍旗，顯出依戀的樣子。
我想好好祭奠你，
卻又疑心你或許還活著，
天涯路迢迢，在這樣的矛盾與思念中，
忍不住落淚痛哭。

中唐時代的詩人張籍因為兩首詩，為人所熟知。一首是朱慶餘寫給他的，〈近試上張水部〉：「洞房昨夜停紅燭，待曉堂前拜舅姑。妝罷低聲問夫婿，畫眉深淺入時無？」一位新嫁娘剛剛嫁入夫家，天一亮就要到廳堂去拜見公婆。她雖然精心妝扮，卻還是不放心，輕聲的問著丈夫：「你看看我的眉毛畫得還時興嗎？」如果不看題目，真的會以為這是詩人揣摩新嫁娘心情的一首詩，然而，這其實是準備考進士的朱慶餘寫給文名很高的張籍，表達出患得患失的考前心情。

張籍當時是水部郎中的官職，因此被稱為「張水部」。其實，朱慶餘來到京城，已經不只一次將自己的作品呈給張籍指教，一直都獲得極高的評價。唐朝科舉考試並不彌封姓名，因此，對考生來說，應考前的「準備工作」就很重要了。如何讓朝廷中的前輩們認識自己，肯定自己，是他們最緊要的任務。那麼，當張水部收到朱慶餘化身新嫁娘寫出的這首詩，會有什麼反應呢？他應該是莞薾一笑，而後回覆了一首詩，安慰並再次肯定了朱慶餘的才華。

另一首讓他名垂千古的詩，則是他自己寫的〈節婦吟〉，其中兩句「還君明珠雙淚垂，恨不相逢未嫁時。」最為著名。然而，

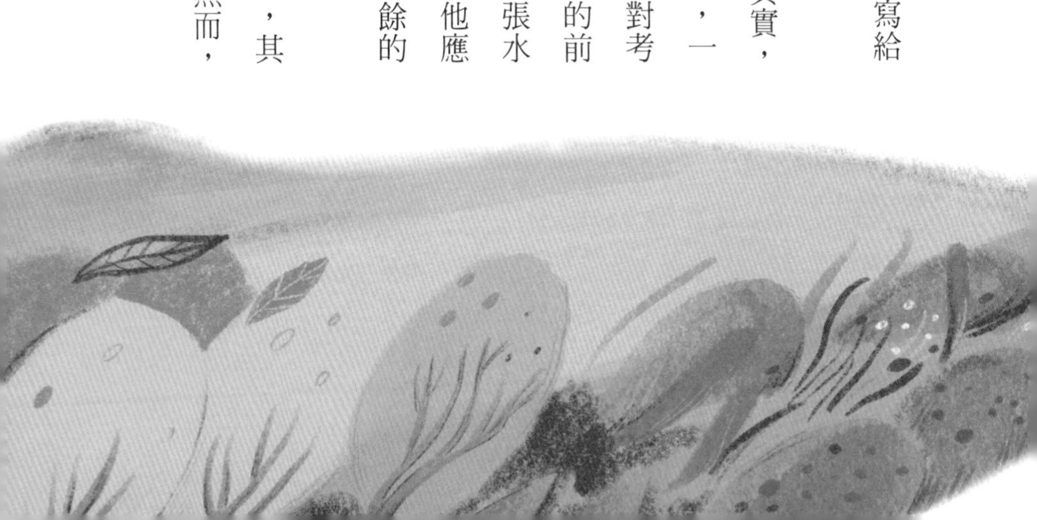

這同樣是寫給男人的一首詩，還是個權勢薰天的大軍閥——藩鎮李師道。李師道野心勃勃，想要籠絡張籍，張籍寫下〈節婦吟〉表明對朝廷的忠貞，也拒絕了李師道的試探。

至於這首〈沒蕃故人〉則是相當真性情的一首詩，張籍最擅長描寫畫面，官兵已戰死沙場，他們的營帳也已毀壞，卻仍矗立著，我們不禁聯想起那些壯烈犧牲的勇士，也是無人聞問的吧。劫後餘生的戰馬，反而充滿情感，還能認得已殘破不堪的軍旗，還知道回到故鄉來。

這首詩讓我想起千百年來為政治出征的戰士們，他們真的知道，自己因何而戰嗎？他們真的能感覺到，自己拋頭顱、灑熱血是值得的嗎？

陸

相思月見時

采之欲遺誰？所思在遠道

孤獨的本事

說起愛情啊，那真的都是故事了，以前發生的事。妳總是喜歡這麼說。雖然是很久以前的事，還是記得那麼清楚，在不經意間時時提起。

妳是個引人注目的女孩，走在路上，常有讚賞的眼光，迎面而來，但妳習慣性低頭，垂下眼睫，或許沉下臉，走得更快一些。

十四歲那年，父母離婚了，父親領走了弟弟，母親成為一個怨婦，每天數落著父親的罪狀。妳和母親住在一起，天天提心吊膽的，怕她出事，也怕她出醜。剛開始，親戚們都還站在母親這邊，指責父親出軌，對感情不忠。但是隨著母親的行徑愈來愈誇張，甚至跑去父親的辦公大樓發傳單，鬧到公司無法營業，父親被革職，人們對母親的觀感已改變了。

舅母有天打電話給妳，用特別溫柔親膩的語氣對妳說：

「為了媽媽好，當然也是為了你們這些孩子，不能讓她這樣鬧下去了。阿妗給妳介紹一個很好的精神科醫師，妳應該陪著媽媽去看一看……」

不知道為什麼，澈骨的寒冷從腳底一直到手指尖，妳忍不住的抖瑟起來，覺得如此孤獨無助。

妳哭著求媽媽搬家，離開這個地方，離開這些人。

「他們都當妳是神經病啊！妳知不知道？知不知道？」

妳哭得迷了心智，捨不得母親，又有著很深的迷惘、痛苦和悲憤。

也許是時間到了，也許是妳的失控嚇到了母親，她好像突然醒過來，對妳承諾，一切都會好轉的，她哭著說對不起妳。過了一個星期，她在南方的城市找到房子和店面，你們搬家了。

新的家和新的學校；新的鄰居和菜市場；新的手機號碼與生活，都是不認識的人，妳鬆了一口氣。

但，妳變成一個有點疏離的人，也許，與他人保持距離，是比較安全的。

母親開始經營舶來品店，從香港帶回來的漂亮衣服都讓妳穿上，而後拍照製成目錄。其實，妳並不是模特兒身材，但是比例很好，滿滿的青春氣息，有時天真；有時憂鬱；有時若有所思，妳並不喜歡對著鏡頭擺姿勢，為了母親的生意，只好配合。放在櫥窗裡的那張放大照片，俏皮的報童帽、短版毛衣、短皮裙加長靴，引起許多人的注意。

學校裡的朋友變多了，女生半真半假的叫妳「名模」；男生各種方式傳遞邀約，但妳沒有特別理睬。說到底，妳並不覺得自己有什麼特別，也不覺得自己值得喜愛，因為妳並不喜歡自己。

飛來飛去的母親帶回家的叔叔，讓妳嗅到不尋常的訊息；弟弟也告訴妳，父親與外遇的女人結婚後，生了孩子，那個新弟弟都已經兩歲了。愛情，原來是這麼不可靠的東西啊，妳忍不住冷笑。我不稀罕這個東西。

雖然不稀罕，遇見了還是逃不了。那年妳剛滿十七歲。

好友丹丹喜歡看籃球隊比賽，妳跟著去了兩次，對那個平頭男孩留下深刻印象。男孩的三分球射得神準，有一次，夕陽投射在球場上，男孩飛躍起來，舒身投進一個三分球，全場掌聲、歡呼聲爆裂開來。

妳有些怔怔的，回不了神，在球場上的那個男孩，是一個神祇吧？從天界降臨人間。妳很想盯著他看，看得更仔細些，卻又強迫自己望向別的方向。那天獲勝之後，一夥人去吃冰，球隊的人也走進冰果室，於是併了一大桌。吃完冰又去夜騎，夜騎完還到海邊看日出，用不完的精力，彷彿永不知疲倦是什麼？男孩騎車送妳回家，才發現你們住在同一個社區。

妳對他說再見，他抬了抬下巴，於是，妳的腳步輕快的奔跑起來，感覺到他的眼光一直追隨著妳，炙熱的溫度。

第二天上學時，他在妳必經的小公園籃球架下練球，妳站住，隔了一小段距離看著他，他叫喚妳的名，並且問妳：「月見冰好吃嗎？」他竟然注意妳那天吃的是月見冰，妳的心陡然多跳一拍。後來想想，這好像並不是他頭一次出現在小公園。

「你下次可以吃吃看啊。」妳說的時候並不看他，看著晨光篩過樹葉的光點子，拓印在他的肩膀上。

「我媽說生蛋是不能吃的，不衛生。」男孩說著，一手把著球，一手插在褲袋中。

妳沒有說話，繼續向前走。他趕上兩步對妳說：「要不然，我們下次可以試試看，紅豆加月見，一起吃。」

妳覺得呢？」

原來，喜歡一個人就是願意冒險。

「上課要遲到了啦。」妳小跑步的追上公車，一邊掩飾想要笑的心情。上了公車，自然有默契的分開來站了。妳不喜歡倉促決定的愛情，感覺不夠慎重。妳不想別人講閒話，或是談論妳的感情與隱私，既然想好好呵護這段感情，就必須更謹慎小心。

你們似乎是偶遇，又頗有默契的出現在冰店裡，點了紅豆月見冰，應該算是定情物吧。紅豆與生雞蛋，再加上煉乳，掩蓋了生蛋的腥味，紅豆與刨冰顯得潤滑濃稠，更加好吃。男孩吃了大半碗，也成了妳的男朋友。

整個夏天，你們吃遍了每家冰店的紅豆月見冰。「這下糟了！」男孩說：「以後我只要看見紅豆月見冰，就會想到妳。」

「我要給它一個新的名字，叫做『相思月見冰』。」妳帶著微笑對他說。

「相思？」他點點頭，眼裡的甜蜜漾出來：「是我嗎？是我嗎？」

妳不回答，他打開大衣扣子，從後方將妳攬抱在胸前。你們都安靜著，冬天已經到了。

丹丹在一個有著陽光的日子問妳：「我聽說你們在一起啊？」她說了那個男孩的名字。

妳沒有承認，用別的話岔開，心裡慌慌的。

男孩輾轉聽說了妳沒承認彼此關係那件事，他的臉色有些緊繃，問妳為什麼？「我覺得等到明年再說好了，不想那麼快讓別人知道。」妳看著藍裙子上的皺摺，有一點不平整，就要擰著眉頭，下意識的重複撫平。「我是想，等到更確定一點，再讓人家知道。」這樣的補充說明有點不妙，還有什麼不確定嗎？其實妳不是這個意思，那到底是什麼意思呢？如果可以吃一碗相思月見冰就好了。妳的相思是他，一直都是他。

「好啊，我尊重妳的意見。」男孩站起身伸展手腳，望向遠方，微笑著說。

不知道為什麼，妳聽著並不覺得歡喜，反而感覺悵然若失。他為什麼不抗議？為什麼不生氣？為什麼不爭取？難道他也想等到更確定一點？

多年以後，妳回想當下的情景，記得男孩把外套的帽子拉起來，戴在頭上，好像忽然覺得冷，這才覺察到自己傷害了他。只是那時候太年輕，只在意著自己的感覺，無法體會其他。

你們依然一起搭公車，但絕不會同時進教室；球場上比賽進行很激烈，妳忍耐著不去看他的三分球投射，當同學們聚在一起時，妳對他特別

冷淡，他也盡量與妳保持距離。隱密不宣的戀情，漸漸成為折磨了。

直到那一天，丹丹興奮的問妳，籃球隊想要幫男孩辦生日趴，要不要參加？妳正計畫著要給男孩一個生日驚喜，屬於你們倆的第一個慶生會。妳氣呼呼對他大發一頓脾氣，男孩一臉無辜：「我根本不知道他們要幫我過生日。」

「那你跟他們說你不去！」那些在球場上對他尖叫的女生；下課時毫不顧忌向他借漫畫的女同學，那天都會去參加吧？

「我們的事要公開！」妳大聲嚷嚷。

「公開就公開！」男孩賭氣似的：「是妳說不要公開的。」妳覺得氣惱，卻不知道如何反應。

第二天上學時，你們依然一起搭公車，妳即將走進教室，男孩突然從後面趕來，牽住妳的手，高高舉起來，對全班同學宣布：「我們，在一起了。」

這不對，完全不對，不應該是這樣的。妳的腦袋瞬間真空，什麼也看不見，什麼也聽不到。他沒有先跟妳說好，他一點也不在意妳的感覺。妳全身僵硬，掙脫他的手，跑進廁所大哭一場。像是一條最珍愛的水晶項鍊，寶貝收藏著，還沒來得及戴，就斷掉了，跌散一地，無法收攏。

妳哭了又哭，他不斷問妳：「我到底做錯了什麼？」妳說不出來，只覺得一切都崩壞了，妳好希望自己從世界消失。

上天像是聽見了妳內心的吶喊，母親和叔叔準備結婚，到香港去生活，問妳要不要一起去？妳幾乎沒有考慮就辦了休學。沒有好好告別，妳飛到香港去，一直生活在那裡。直到長大後工作了，談了戀愛，與男朋友共同生活，總覺得有個結沒解開。

因為職務的關係，妳常飛來飛去，在飛機雜誌上看見一篇文章，拍攝的是一整片荷花池，夏日麗影。旁邊嵌上幾句詩：「涉江采芙蓉，蘭澤多芳草。采之欲遺誰？所思在遠道。」妳想起了那個無比美麗的夏天，妳像撫摸一個孩子似的揉著他的短髮；你們在無人的地方偷偷牽手，見到人便立刻鬆開；他每次都舀起滿滿的紅豆和蛋黃，輕輕餵進妳嘴裡，相思月見冰成了妳的心頭痛。

「還顧望舊鄉，長路漫浩浩。同心而離居，憂傷以終老。」妳想起他憂傷失措的眼神，想起他一遍遍的問：「我到底做錯了什麼？」沒有，他什麼錯都沒有，只是當時的自己太年輕，愛著的時候太無助。

妳拭去緩緩落下的淚水，也許就在這一次，降落之後，應該找到那曾經的男孩，在二十年後，妳覺得自己必須要勇敢的還給他，一個解釋與道歉。

畢竟，在相愛的那個夏天，你們是如此全心全意。

孤獨的緣起

涉江采芙蓉・古詩十九首

涉江采芙蓉，蘭澤多芳草。
采之欲遺誰？所思在遠道。
還顧望舊鄉，長路漫浩浩。
同心而離居，憂傷以終老。

涉過江水採下盛放的水芙蓉（荷花），
周遭生長著各式各樣的香草香花。
採下芙蓉花要送給誰呢？
我所思念的那個人已經在遙遠的地方了。

轉頭眺望著故鄉，阻隔在我們之間的道路如此漫長，
明明是心意相通卻無法廝守，
只能懷抱著憂傷的心情老去。

南朝梁武帝有個十分出色的太子蕭統，聰穎純良，對權力爭鬥毫無興趣，喜愛讀書，與文士相交，在他的領導下，編選出先秦至兩漢的好文章，稱為《文選》，又名《昭明文選》。「古詩十九首」約莫是東漢後期的古詩作品，不知作者是誰，也不是同一個時代所產生的。十九首皆為五言詩，多是愛情或友情的生離死別，遠行與相思，充滿淡淡的憂傷情調。有許多佳句是我們耳熟能詳的，像是「思君令人老，歲月忽已晚。」「與君為新婚，菟絲附女蘿。」「迢迢牽牛星，皎皎河漢女。」「四顧何茫茫，東風搖百草。」「生年不滿百，常懷千歲憂。」等等。

要了解這些古文的選擇標準，得先對蕭統有所認識。做為一個仁孝愛民的太子，他不愛奢靡，過著簡樸的生活，不像其他的太子選秀女，他選的是好文。年僅一歲就被立為太子，梁武帝對他的期望與鍾愛，是可想而知的，蕭統的所作所為也朝向絕對完美的境界發展，就像一朵香氣流逸的潔白蓮花。

事母至孝的蕭統，服侍在母親病榻前，不眠不休，然而母親丁貴人還是病逝了。哀痛逾恆的他，憔悴消瘦到脫了形，令人見之不忍。後來卻因為聽信了道士的說法，在丁貴人墓旁埋下一隻蠟鵝避禍。這種巫術的作為令梁武帝震怒，對太子起了嫌隙之心。

蕭統含冤莫白，心情抑鬱難遣，他與宮姬去御花園的池水中遊船散心，因為宮姬玩樂震盪，蕭統翻船落水，過了段時間便死去了，得年二十九歲。梁武帝後來也省悟到自己對太子太過嚴苛，悔之莫及，賜諡為

「昭明」，世稱「昭明太子」。

翻船之前的昭明太子在想什麼呢？他是否俯身船中，伸出手去采擷一朵水芙蓉？那個瞬間是否忘記了塵世的紛雜痛苦？被潔淨的花香包圍，感受到寧靜的圓滿。

孤獨處方箋

古詩十九首〈生年不滿百〉

生年不滿百，常懷千歲憂。晝短苦夜長，何不秉燭游！爲樂當及時，何能待來茲？愚者愛惜費，但爲後世嗤。仙人王子喬，難可與等期。

｜聆聽入口｜

柒

因爲世界太綺麗

流水落花春去也，天上人間

孤獨的本事

那一天，你從宮闈走出來，依依不捨的回首再看一眼，那些雕欄玉砌，閬苑瓊樓，再也不能相見了。你甚至覺得，這一眼之後，一切都在身後化成了灰，風一吹，就消散了。十四年來，你忍辱負重，委屈求全，努力維繫的偏安局面，終於到了盡頭。

走過教坊時，樂工們演奏起大周后生前譜成的離別曲，你的腳步停下來，一股深層的悲哀湧起，忍不住潸然淚下。聽見身後一片哀泣之聲，你揮揮手，對著跪地哭泣的嬪妃與宮女，說：「散了吧，能回家的就回家去吧。」國家已經亡了，又何能保護這些纖弱美麗的女子？對於「生於深宮之中，長於婦人之手。」的你來說，她們就是你的親人。

與親人的訣別，怎能不痛澈心扉？

「最是倉皇辭廟日，教坊猶奏別離歌，揮淚對宮娥。」畫面與情緒如此飽滿的描述，卻為你招來許多抨擊與罵名——都到了這個時候了，應該揮淚對百姓才對，竟然是對宮娥？教坊還演奏音樂？人們因此說你是昏瞶驕奢的亡國之君。

我有時會想起電影《鐵達尼號》，郵輪撞到冰山，無法挽回的開始沉沒，乘客們慌亂奔逃，有人搶上救生艇；有人安靜等待死亡，船上的那支樂隊卻開始演奏音樂，企圖安定人心。許多人看到這一幕，都感動得掉下眼淚。樂隊的表現是盡忠職守，他們散發著人性的光輝。而你和你的教坊樂工，在那個王國沉沒的時刻，做什麼都是錯的。

許多事都是錯的，你早就知道了。你誕生時的重瞳、寬闊的額頭，重疊的牙齒，都是不凡的，父皇李璟更看重的是你的文采與藝術天分。作為一個詞人帝王，他更引以為傲的是詞人這個身分，而你顯然可以繼承他的衣缽。

你是第六個皇子，在最美好的園林中長大，錦衣玉食的生活，並沒有讓你變得驕橫，反而令你更加慈悲。

除了大哥，前面的四個哥哥相繼過世，「下一個，會不會是我呢？」少年的你，總是這樣憂慮著。

大哥弘冀沉默寡言，是個天生的武將人才，父皇卻很少誇獎他，哪怕是在他戰功彪炳的慶功宴上，父皇盛讚的卻是你近來的詞作，頗有金玉佳句。皇太弟李景遂也是個文人雅士，只要有你們三人在座，便是一場精采的文學沙龍。父皇好幾次想將皇位禪讓給景遂，景遂一再推辭，你看見大哥掩抑不住對景遂的憎惡眼神。敏感的直覺告訴你，將會出大事了。

你將這樣的不安情緒透露給妻子娥皇，她是怎麼安慰你的呢？

「煩憂是無用的。」她將雙手放在你的膝頭，柔聲對你說：「噩運之未至，而煩心已摧折。」你輕輕握住她的手，那無比滑膩、柔軟、微涼的一雙手，就像是即將化去的一捧雪。

她的話很受用，當下與之後的人生，你都謹記在心。當禍事尚未發生時，再多的操煩與苦惱，也只是摧毀了此刻而已，其實是無濟於事的。

你端詳著眼前風華正盛的女子，她的晨妝是清淡的，皮膚下的淺藍色血管也能看見，你想像著血管中汩汩流動的血液，渾身起了激情的顫慄。那櫻桃般的小嘴注上了豔色的紅，飽滿的紅唇，色彩與光澤緩緩流動著。

真正是活色生香啊，你俯身想要親吻，她卻旖旎無限的唱起歌來，丁香舌尖若隱似現。

對你來說，這真是個完美的女人，她精通音律，連〈霓裳羽衣曲〉這樣的殘破曲譜也能補全，重新演繹。在國宴上演奏時，許多人都忍不住淚濕眼眶，感動不已。父皇賜了一顆夜明珠給娥皇，而後，那顆能在黑夜裡

發光的寶物，就一直懸掛在你們的寢室裡照明。

娥皇也是你的明珠，她照亮了你時而抑鬱陰暗的心靈。

你聽著她天籟般的歌聲，看著她用袖子拭去唇上的殘酒，那一抹紅，毫不在乎的染在淺色絲綢上，形成令人難耐的撩動。她換了更大的酒杯，喝了更多酒，一邊折下瓶中的玫瑰花瓣放進嘴裡細細咀嚼。你看著她的嫵媚笑容，知道她醉了，你欺身向前問道：「讓我嚐嚐？」

她坐在床上翻了個身，將口中的花末向你唾去。你再也無法忍耐，褪去外衣，順手掩蓋了夜明珠，在黑暗裡，你沿著她的嬌笑與喘息尋去。

擁著她入眠的那個夜晚，你又做了那個夢。

就像是循著一條熟悉的路徑，你再度回到夢中，那錦繡無邊的繁花盛開；水波盪漾的亭臺水榭；雕樑畫棟的華麗樓閣，在你望見之後，便成為一片傾頹土石，荒煙蔓草，一切都是在瞬間發生。頭一次夢見這樣的景象，你發出尖叫哭號，卻連自己的聲音也被抽乾了，如此恐怖而又如此寂靜。

一次又一次，你已經習慣了，雖然感覺惋惜難捨，卻不再驚懼悲愴，反而覺得平靜，好像本來就該是這樣的，一直都是這樣的，只是別人沒有看見，而你看見了。

你記著娥皇對你說的話：「禍事沒有發生前，煩憂只是摧毀了此刻。」

但，禍事真的發生了。

景遂中毒死去，大哥謀殺了叔叔，在你還來不及做出反應的時候，大哥暴斃了。百姓竊竊私語，議論紛紛，朝堂上則噤若寒蟬，你感到非常痛苦，這種親人之間的殺戮，乃是人間至慘。你陷入絕望的情緒中，夜夜無法成眠，娥皇抱著你輕輕拍拂，當你夜半哭泣時。

有時，你們年幼的長子也爬上床，模仿母親那樣的安慰你。

父皇李璟召見你，他將手放在你的肩背上，發出沉痛的哀哭。

你只能匍匐跪下，淚流滿面。「從嘉，兒啊。」病重的父親喘息不已。他要將南唐江山交託予你，雖然你早已表達無意接掌大位，朝中大臣也提出異議，認為你的弟弟從善比你更適合，但，父皇還是決定由你繼承皇位。

從善果敢堅毅，你則仁慈軟弱，然而父皇不想再有更多的兄弟相殘，他知道你會善待手足。當時的北方已成大宋天下，偏安的南唐遲早會被兼併，他希望在國家滅亡之際，你的柔弱能免除百姓被殺伐。

那一天，你匍匐在地，許久沒有起身；你匍匐於命運，無可抵擋。

做為一個還沒即位就已註定的亡國之君，你不願去想歷史將如何評斷，原來那些夢都是真的。

繼位為南唐皇帝那一年，你二十五歲。你只把心思放在穿著皇后霞帔鳳冠，無比雍容，豔光四射的娥皇身上。你在心中想著，未來的歷史會怎麼記載呢？

南唐的最後一位皇帝，已將名字「從嘉」改為一個「煜」字，如日之照耀，如月之恆明，卻照不亮一個傾覆的帝國。

「我有多昏庸，妳就有多美麗。」你輕聲對她說。

但她沒有聽見，滿朝文武三呼萬歲，如地動山搖，面對著她疑惑的眼神，你只回報了一個安靜的微笑。

當了皇帝的你，常常都是這樣微笑著的，身邊的人都以為你是快樂的，但你並不是快樂，也不是不快樂。許多事都已經註定了，謎底早已揭開，卻只能繼續向前走。當你覺得孤獨的時候，就會匍匐在佛前，久久的，一種完全的頂禮與謙卑。

寺廟一間又一間的建造起來，你想讓百姓像你一樣禮佛誦經，當大難來時，他們會不會比較淡定？

有一回，你在佛前匍匐著，竟然打了個盹兒，醒來時，直起身子，看見廊簷外開得正好的牡丹花、芍藥，以及池水上的芙蕖，在風中款款搖曳，每一朵都有自己的樣子。巴掌大的蝴蝶在花上流連嬉戲，翩翩飛舞交歡，你看得癡了，入了迷。禪師在你身邊侍立良久，你都沒有發現。

「真是春色無邊，生機無限啊。」你發出衷心的讚歎。而後轉頭對禪師說：「大師的花栽得真好，這些蝴蝶極美，令人心旌動搖。」

「只要捨出一座園子，自然如此。」禪師俯首說道。

你的心靈被觸動，做為一個國君，你只想捨出一座大園子，讓百姓安生度日，這樣便好。雖然每年都要給大宋朝進貢，貢品愈來愈多，已成為國庫的負擔，但總比大動干戈要好。你想做一個守護南方花園的人，直到最後一日。

然而，災難並沒有停息，只當了三年皇后，娥皇病重了，為此，你更是日以繼夜的為她消懺誦經，做解業法會。你在她的床前捧著藥湯親自餵她，她的容顏日復一日的憔悴枯槁了，她哭著求你別再來看她，她自覺無顏見檀郎；你也求她別驅趕你，雖然她的豔光已經褪去，仍是你摯愛的妻。你的心痛告訴你，這不是夢，是無比的真實。

你無法想像失去她會如何？而你們最鍾愛的次子急症死去，重創了氣若游絲的娥皇，她再也不肯服藥，過不了幾日便病逝了。

有一段時日，你無法離開佛寺，沒有勇氣回到宮殿裡，宛如行屍走肉。

直到某一天，你在佛寺的花園裡看見了娥皇，亭亭的站立在池水邊。她的體態輕盈，雙頰緋紅豐潤，眼睛亮晶晶的閃著光，周身纏繞著濃郁的少女香氣。你受到極大震動，瞬間不能呼吸。娥皇一步步向你走來，走得愈近，看得愈清，終於明白，不是，不是娥皇。

年僅十四歲的這個少女，是娥皇的妹妹。她的舉手投足，一顰一笑，都有著娥皇的神韻。

娥皇溫良沉穩，妹妹活潑嬌俏，你想要輕觸那張紅潤靈動，充滿彈性的臉龐；你想要讓這個少女離你更近，住進你被剜挖空洞的生命裡。在你三十二歲那年，南唐發生大饑荒，你仍娶了小周后，因為你的心靈也在饑荒中，你需要她的愛，餵食靈魂。

曾經情同兄弟的南漢被大宋滅國了，你知道再多的貢品、珍寶與美人，也無法改變。於是，你派遣從善出使大宋，懇求將南唐改為「江南

國」，不再稱孤道寡當皇帝，而自貶為「國主」，這一切的降格以求卻求不到和平。最終，趙匡胤下了決心，統一天下，亡國的時刻到了。

那一年你三十九歲，也是同樣的秋冬時分，你最不喜歡的季節。在這樣的肅殺之氣中，你失去了娥皇，如今又失去了一切，所有。

城破之際，你披散頭髮，脫去上衣，將雙手綁在背後，全然是一個囚徒的樣子，你無所畏懼的走出來，走向命運早已寫好的劇本。但你還可以為這美麗的江南國做點什麼，你願一力承擔，只求不要傷及百姓。這是你對這綺麗世界的最後一瞥，無限深情與感激。

你隨宋軍去到汴京，被封「違命侯」，賜穿白衣素服，這些都是羞辱的印記。你安靜的住進一座形同牢籠的小樓中，夜夜聽著梧桐葉上的雨聲，無法入眠。前塵舊事歷歷在目，當一切已然結束，你後悔了，也許應該搏一搏，而不是一味退讓臣服。

但你又想到那些黎民百姓，誰當皇帝對他們來說並沒有分別，只要能安生過日子便好，你確實讓他們過上了安穩的日子。

每一次，聽說你成為亡國之君，備受精神上的摧殘，年少的孩子總是要問：「他為什麼不自殺？為什麼要過著生不如死的日子？」

這也是千百年來許多人對你的非議。自殺，似乎是個悲壯的選擇，但你從來不是這樣的人。你貪愛著人世間的旖旎美妙，色、受、想、行、識，樁樁件件都令你留戀不捨。你捨不得死，你想活著，哪怕是卑微的、屈辱的，還是要活著。

在某個料峭春寒的凌晨，你又做了那個熟悉的夢，這一次，你在夢中見到了娥皇，她穿著一身華服，鳳冠上的珍珠

煥發柔和的光亮，她微微低垂著頭，正在彈琵琶，在她身邊站著一個人，專注聆聽，你想看看那個人是誰，你看見他的側臉，竟然看見了自己，那是你們曾經的尋常時光。

眼前飄散的是粉色落花，紛紛落入池水中，池水被撥弦聲震動起波紋，這落花將被帶到哪裡去呢？你想呼喚娥皇卻發不出聲音，在夢中聆聽著音樂的自己如癡如醉，你不敢眨眼，只怕下一個瞬間，一切都將灰飛煙滅。

孤獨的緣起

浪淘沙令

李煜

簾外雨潺潺，春意闌珊，
羅衾不耐五更寒。
夢裡不知身是客，
一晌貪歡。

獨自莫憑欄，無限江山，
別時容易見時難。
流水落花春去也，
天上？人間？

簾外傳來的雨聲不絕於耳，
將春天的花草都摧折殆盡了，
這綢緞製成的錦被也無法抵擋凌晨的寒氣。
在剛剛的那場夢中，仍貪戀著美好與歡笑，
竟然忘記了自己已經是個異鄉客。

孤獨一個人的時候，不要登高倚著欄杆，
那望不見的美好江山，
分別時如此輕易，
想要再見卻如此困難。
落花飄落水面，流水將把它們帶去何方？
去到了天上？還是人間呢？

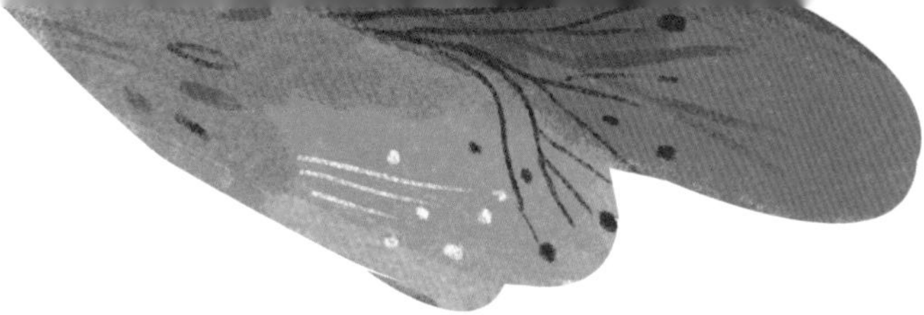

因為世界太綺麗，捨不得死去的南唐後主李煜，在四十二歲那年過世了，他的死因是被毒殺。

那天是七夕，也是他的生日，對他一直很忌憚的宋太宗趙光義，賞賜了一盅酒，酒中有「牽機」，一種神經性的劇毒，會令服食者經歷數小時的極端痛苦，而後死去。一直努力求活的李後主，還是無法改寫命運。他的死訊傳回江南，許多百姓忍不住偷偷哭泣，心中還是愛戴著這個君主。

南唐滅亡，對李煜來說，固然是個人的巨大悲劇；對天下百姓來說，戰爭終於止息，卻是求之不得的。而亡國之後的李煜，被軟禁在小樓中，詞風不變，對於故國的懷念成了他最主要的創作題材。他的作品遣詞用字都很淺白，毫無艱澀賣弄之感，卻總能營造出強烈畫面感，以及憂傷的美好氛圍，這是至高的藝術成就。

在〈憶江南〉中，他寫道：「還似舊時遊上苑，車如流水馬如龍，花月正春風。」那是夢，醒來該有多麼惆悵，無限的孤寂與悲傷。

捌

垂釣著神的夢

千山鳥飛絕，萬徑人蹤滅

孤獨的本事

當你與難友們被流放出京的時候，你的心中是否有許多疑問？

為什麼會變成這樣？

三十三歲的你一步步遠離京城時，已感知這是一條無法回頭的路；或以為這只是生命中一次重挫，懷抱理想與信念的自己終將再起？

帝師王叔文握著你的手，他懇切的看著你的眼睛，對你說：「這個朝廷不改革是絕對不行的，成了就是中興名臣；敗了就成亂臣賊子。子厚啊，你想清楚了。」

那是初冬的第一場雪，屋子裡暖暖的升著火，屋外的過道裡，卻是一片沁骨的寒意。一般人都想往暖融融的屋子裡去吧，鋪著厚羊皮座墊那樣輕軟；豔色的橙子在歌姬與賓客的手中傳遞；歌舞妓在絲竹聲中緩歌慢舞；添了又添的清酒甜香縈繞。那是多麼舒適安逸的所在，但你不想進去，你不是一般人，你站在寒澈骨的冷風中，直挺挺的站著。

二十一歲科舉及第，而後當官，因為不平而鳴遭貶官，直到三十一歲又得以重返京城，在朝為官。你可以選擇像其他同僚那樣，衣冠楚楚，進退有節，當個安份守己的好朝官，謹慎小心的守住這得之不易的官職名銜。但你無法平息內心巨大的痛苦，皇帝昏聵，宦官擅權，百姓在凍餓中哀號輾轉，生死不得。

你很清楚記得那個畫面，也是冬天，在山邊一幢半頹的草房外，兩個小孩兒正合力扛著一桶水，他們顯然已經走了一段長路，小臉紅通通，也許是出力太過，也許是被凍皴了。

你幫他們提到家門口，問他們去哪裡扛的水？大一點的男孩說是走半天才能到溪邊，你又問爹娘去哪了？小女孩說娘難產死了，爹被塌下來的房子壓死了。你突然發現，草房外就有一口井，只是井上籠著一張網。你走過去，看見井中仍湧出水來，這口井並不是廢棄的，孩子們為什麼要千里迢迢去溪邊打水？

你順手揭去那張網，男孩衝過來吶喊著：「放手！不能拆，不能拆！大人要打的！」小女孩在一旁尖銳的哭叫，你一驚，立刻鬆手。

暗黑的屋子裡，有什東西蠕動著，緩緩往外移動。

你定睛去看，那是一個少年，癱瘓著在地上爬行，少年披頭散髮，很吃力的喘息著。

少年是兄長，父親死後，他們兄妹三人相依為命，日子過得艱難，也還能掙扎求活。那一日，宮裡掌管五坊的太監來到山邊捕鳥，就在這戶人家的井上張起網來，喝斥著誰也不許除下網，網中捕捉的鵰或鶻或鷂和鷹，不管什麼鳥，都是要呈獻給皇上的。誰要是驚嚇了鳥雀，就是死罪。

三兄妹好幾天不得飲水，終於忍不住偷偷取下網來，才汲了兩桶水，竟然就被前來巡邏的小太監撞見。幾個太監捉住少年用棍棒毒打，孩子們哭喊哀求著：「大人饒命啊！」最終還是將少年的雙腿硬生生打斷了。

你聽著這件慘事，心如刀割，那些「五坊小兒」藉著為皇帝捉鳥捕犬，什麼蠻橫暴虐的事幹不出來？但這是如此無倚無靠的三個孩子啊，你留下隨身攜帶的所有銀兩，以及身上穿的棉衣與棉鞋。在做這些事的時候，你都垂著頭，甚至不敢直視孩子們的眼睛，更愧於接受他們的感謝。

做為一介知識分子，一個朝廷命官，聽見百姓受苦哀號，看見黎民輾轉匍匐，怎麼能無動於衷？

那次的邂逅，成了你心中永難痊癒的創痕。

那天返家時，你也凍僵了，妻子迎上前，用自己的厚棉大氅裹住你，將你帶到爐火邊，她沒有問太多，已了然於心。她為你烹了茶，茶裡加了薑和紅糖，看著你緩緩啜飲。而後，她對你說：

「救得了一個人，或是幾個人，但你救不了天下。」

你沒有說話，辛酸悲痛洶洶來襲，因為你知道她說的是事實。

然而，當你遇見太子師王叔文，彷彿看見了希望，關於這個朝廷的中興。王叔文對你也是另眼相看，你和同年科舉及第的劉禹錫成了他的座上客。你們喚他「夫子」，把他當成導師。

整日裡賞鳥翫犬的皇帝死去，太子即位成了新皇帝。

帝師叔文約了許多同僚去府中宴會，而後他慎重的對你說了改革大計。你看著雪花飛到他的鬢髮上，漸漸融化，你的胸中湧起前所未有的柔情，要的，必須的，你願意跟著他走，這是一個偉大的人，你要成為他的羽翼，為了朝廷，為了黎民百姓。

成為中興名臣，你根本不在意；淪為亂臣賊子，你也無所畏懼。

你很想對妻子說：「其實我可以，我救得了天下。」但你只是沉默了，什麼都沒有說。與你心意相通的妻子已因難產去世，她死後的空缺，在你心上，是無法填補的。

新帝當了二十年的太子，登基之前已經中風，肢體沉重，口齒不清。王叔文對你說，改革必須要雷厲風行，趁著皇上還在位，能做多少就做多少。你提出首先廢去「五坊小兒」，劉禹錫也說，一切與民爭利，讓百姓痛苦的苛政都得廢去，那些貪官污吏，惡霸奸商，定要除盡。

朝廷上的百官驚懼了，感覺岌岌可危；市街上的百姓歡騰了，他們重獲新生。有人警告你們，太激進恐遭反噬，退一步海闊天空，但你們不能鬆懈、不能停止，百姓的熱烈期盼與感激的淚水，催促你們向前。

一百四十幾日，改革失敗了，皇上病體難支，被迫禪位給太子，新皇即位，你們全成了亂臣賊子。你來不及向王叔文告別，只在倉促間見了劉禹錫，你們緊緊握住彼此雙手，你沉著聲音對他說：「莫喪志，且待明日。」你在他的眼中看見了悽惶，那也是你的眼神吧，沒有人知道明日將是如

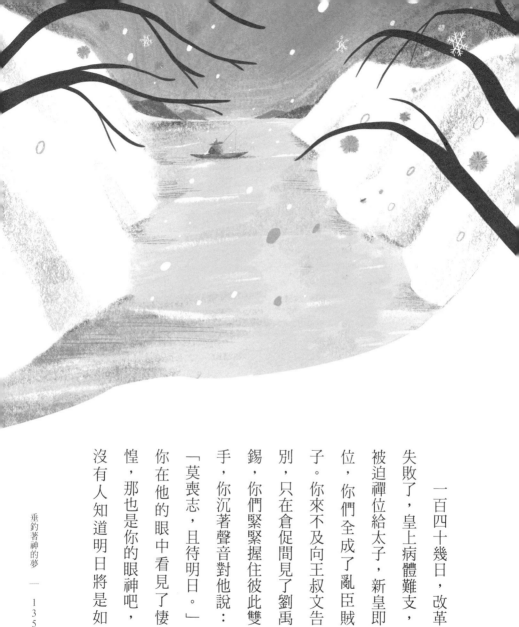

何？

你去到了貶謫地，偏僻的永州，一年之後，傳來王叔文被賜死的消息。或許就是從那日開始，你埋下了病根，總覺得自己隨時也會被賜死，在艱難的日子裡，你整夜不能睡，頭髮變得灰白，吃得很少，思慮更深。你給朝中的故舊寫信，期望能有重返京師的機會，或是能有人為你說項除罪，然而，沒有人捎一點音訊給你。你被徹底遺忘了，到訪的只有死神，他帶走了你的母親與女兒。你感到孑然一身，無所依憑。

你常常想到那個雪夜，王叔文與你在冷風中的對話，如果重來一次，你仍會做相同的選擇。

你也想起改革進行中那些無所作為的同僚，你向他們遊說時，他們呵呵假意的笑著，像戴上了面具，看不見真心，他們現在都還安好的在朝為官吧。

你也想起山腳下的三兄妹，井上的網羅已經摘除，少年也已經長大，可以照顧弟妹，他們能過上好一點的日子了吧。想到這件事，你削瘦枯槁的臉上，浮起了一點笑意。

那個冬天，你好幾夜無法入睡，於是，拄著杖出門走走，看不見人跡，也沒飛鳥，一片白茫茫的天地間，竟然有一條小舟，靜止在江水上，一位穿著蓑衣的戴笠人正在垂釣。你的內心震動不已，天寒地凍，萬物俱寂，為什麼會有人在江上垂釣呢？他到底想要釣得什麼？

你腳步踉踉蹌蹌走得更近，想要看清楚，才發現並沒有釣翁，只有一葉扁舟停泊，覆蓋著厚厚的白雪。

你感覺自己的生命，就像是漫天風雪中的廢棄小舟。如此荒涼而寂寞。

那天回家後，你大病一場，以為自

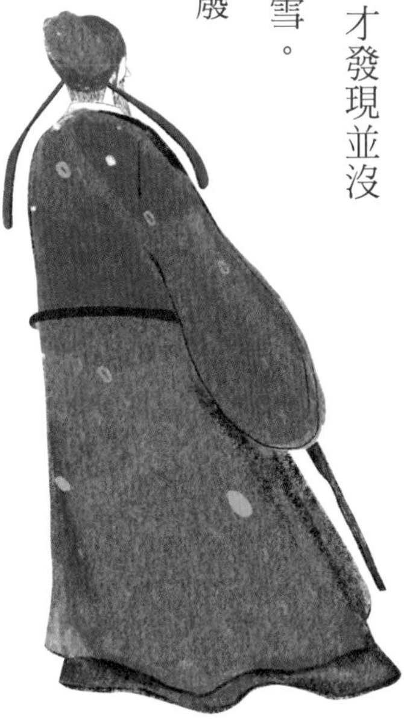

已將要死去，但是並沒有。命運仍要驅使你到更荒蕪遙遠的柳州去，在那裡，你仍有使命要完成。

你感到無奈又荒謬：「因為我姓柳，他們才把我流放到柳州嗎？」到了柳州，看見民生凋蔽，貧富不均；缺乏乾淨水源；充滿迷信思想；百姓不受教育，太多積習罪惡需要改革，你的熱血再度湧動。在那一百四十幾日中無法完成的大業，在此地也能推行，你要證明自己是有抱負也有才幹的，你要證明你與你的同黨們所做的事，從來不是違心。

你拯救了柳州，是真正的父母官。但你沒能拯救自己，已然病入膏肓的你，在此與世長辭。柳州百姓為你的死痛哭哀傷，如喪考妣，他們集資為你建了「羅池廟」，後代更名「柳侯祠」，你是柳州的守護神，配受千秋萬世的香火供奉。

當你離開京城，走上那條再不能回頭的路，一步一步的，在巨大的痛苦與孤獨中，成為了神。

孤獨的緣起

江雪

千山鳥飛絕，萬徑人蹤滅。
孤舟蓑笠翁，獨釣寒江雪。

柳宗元

重重疊疊的山上，
看不見鳥兒展翅飛翔。
千千萬萬條小徑，
也沒有行人的蹤跡。
只有一條孤獨的小船，
有位穿蓑衣、戴斗笠的老人，
在冰天雪地的江上垂釣。

讀著柳宗元的生命歷程，一方面感到被激勵鼓舞，一方面又感到酸楚惋惜。這個早慧的少年曾是家族熱烈的期待，自己也有著很深切的期許，經國、濟世、救民於水火。他很年輕便高中科舉，進入朝廷的權力中心，以為可以翻轉天下。然而，權力遊戲並不是耿直的知識分子所擅長的，他幾番跌宕，遠謫蠻荒，卻沒有一天放棄過理想。在朝廷被斲斷的民生大計，來到偏僻的南方，依舊可以推行。

在被貶謫的歲月裡，他寫過寓言〈三戒〉，以「臨江之麋」、「永某氏之鼠」與「黔之驢」三種動物，譬喻小人仗勢橫暴，引禍上身，自取滅亡的故事，是非常精采的古文。這樣的創作當然是深有意涵的，也是自我安慰。可惜在他四十六年的生命歲月裡，並沒能看見奸佞小人的悲慘下場。在很多時代，小人們總是勝利的笑著，恣意妄為。

柳宗元也是個重情仗義的人，他被貶至柳州時，聽說難友劉禹錫被貶到更荒僻艱苦的播州，於是上書，請求皇上看在劉禹錫還需奉養老母親的份上，讓自己的柳州與播州調換。這是一個身處十七層地獄的人，對十八層地獄的哀憫。其實，他自己的境遇又好到哪裡去呢？這時刻竟然還能顧及好友。這份俠氣感動了許多朝廷官員，他們紛紛進言，於是，劉禹錫改調連州，而柳宗元依然去了柳州。柳宗元因病過世前，將年幼的兒女託孤給韓愈、劉禹錫等人，劉禹錫領養了他年僅四歲的長子周六，這孩子長大後考取了進士。

柳宗元自貶謫後，嚴重損傷了他的健康，曾經患過腳氣病、疔瘡、霍亂，每一次都來勢洶洶，瀕臨死亡，家人圍著他痛哭。在與疾病搏鬥的艱難歲月中，他從無一日忘記自己的使命。對於柳州的苦心經營與成果，後來推廣到全國各地，使無數百姓受惠。那場曾經遺失的救國夢想，被後代的有志之士，一遍又一遍的垂釣起來，永不沉沒。

玖

一座繁盛的花園

守著窗兒，獨自怎生得黑

妳點起龍涎香，一縷縷輕煙升起，似乎又聞到了那樣的氣息。一座繁花似錦、枝繁葉茂的花園，每一朵花都奮力開放，樹葉在陽光下伸展，潮濕深黝的泥土，散發出甜膩的氣味。而周遭漸漸暗下來，是天要黑了嗎？妳想望望窗外，卻沒有力氣。

這樣的氣息真好，已經是妳僅存的，最後的龍涎香，他們說這是最上乘的等級，如果質地不夠好，甚至會有一股子腐臭味；如果是上好的，就像是一座芳香的花園。你還記得那一年，明誠獻寶似的將一個密封的銀盒遞給妳，他的眼睛裡蕩漾著水一樣的流光。

「我說過，以後要給妳一座最美的花園。」他貼得好近，近乎耳語的對妳說。

妳真的想念他了。雖然，最後的日子，你們之間已無話可說，彷彿隔著一條冰冷大江。但是，此時此刻，妳深深的想念他了，他有那樣厚實的懷抱啊，在妳酒後的寒冷中，曾一次又一次溫暖妳。

他知道妳一直想要一座花園，卻一直沒有得到。

在那座美麗的花園中，妳曾是個快樂的、受寵的孩子。雖然母親在妳一歲時便去世了，但妳被寄養在伯父家，在伯母身邊長大，受到更多愛寵。伯母哺育妳，撫抱妳，哄妳入眠，為妳梳洗，她的手勢總是輕柔憐惜，怕稍一不慎就會傷到妳。

其實妳不是個柔弱的孩子，妳喜歡跟著堂兄李迥一起玩，爬上假山；踩進蓮花池；取水灌蛐蛐兒；用竿子黏樹頂的知了；拉彈弓打屋角的麻雀。每次闖了禍，捱打的都是李迥，他也毫無怨言的扛住。雖然，對母親全無印象，父親為了功名遠在外地，妳卻不覺得無依無靠，在那個花園裡，妳有母親、有兄長，有一個完整的家，有一段安逸的幼年時光。

六歲那年，父親差人來接妳入京團聚，所謂團聚，於妳而言，其實是硬生生的別離。妳對父親是陌生的，對家中的繼母和弟妹，更加沒有印象。妳哭鬧過，耍賴過，苦苦哀求過，還是得離開伯母。最終，是堂兄李迥陪妳入京的，有哥哥在，妳的心裡便踏實了。

離開那天，陽光正好，花園裡的明亮與暗影，全是芳香的氣味，妳記住這個瞬間，當成是一生中最幸福的回憶。

父親留李迥住下，找了老師教你們讀書，大人們很快就發現妳的天賦才華與博聞強記，他們私下嘆息：「可惜不是個兒郎。」不是個兒郎，已是不可改變的事實，妳暗笑他們迂，所幸有父親在。

妳的父親李格非大人，在朝廷任職，思想倒是開明。對於妳的舞文弄墨，他十分讚賞；妳的貪杯好酒，他不以為意；妳酷愛賭博，尤精「打馬」，他時時觀戰，深覺有趣。

「打馬」這種博弈，可以好幾個人一起玩，妳喜歡那種熱鬧喧嚷的歡樂，妳更喜歡每賭必贏的快感。擲骰子的時候，妳根本坐不住，必要跪在椅子上，比其他人高出一個頭，吆喝著，先聲奪人。不管賭多賭少，只要是妳出手，一定贏。贏的是專精與速度，這可是實實在在，與性別無關的真本領。

當妳的人生走向暮年，經歷了改朝不換代的沉痛，竟還寫下了《打馬圖經》這部賭經，記錄著那些在賭博中燃燒的光輝歲月。

九百多年後，當我造訪妳的故鄉濟南，走進妳的故居「漱玉堂」，看見妳的雕像，那一尊雪白典雅，微微頷首的女性造像時，我覺得那不是妳。

那是一般人對女作家的想像，潔淨無塵，慈眉善目，恍若觀

音。但妳是那樣形象鮮明的一個人，愛憎分明，活色生香，凡是生活的滋味，都要沉浸其中，往往不可自拔。

一塵不染的女子，絕不會是妳。

或許是因為「雲中誰寄錦書來？雁字回時，月滿西樓。」或是「莫道不銷魂，簾捲西風，人比黃花瘦。」又或是「此情無計可消除，才下眉頭，卻上心頭。」這些閨閣憂傷的句子，形塑了妳的形象。

十八歲的元宵，妳和一群姊妹攜手賞燈，又進酒館喝了些酒，雙頰紅通通，妳叫姊妹們等著，自己去買糖葫蘆，雙眼迷濛，又被人潮衝擠，不一會兒就迷失了方向。各式各樣的花燈好美，妳彷彿又回到了童年的大花園，彷彿聽見堂哥呼喚妳，那呼喚一聲近似一聲，李迴來到妳眼前，扶著妳的肩，又笑又無奈的：「妹

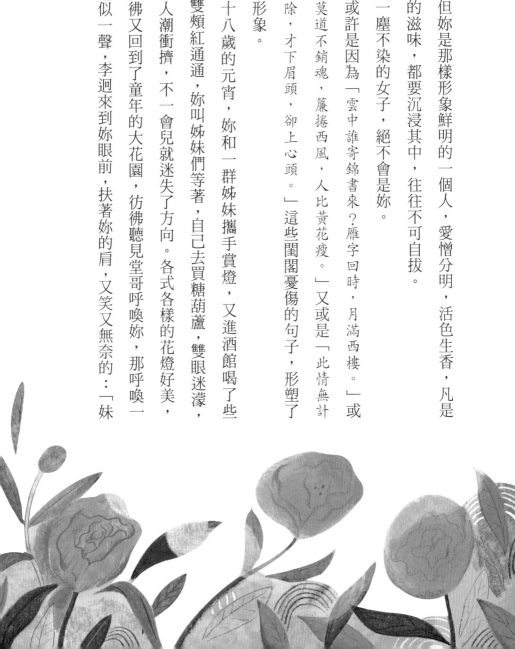

妹又醉了？找不著回家的路了吧？」

「我在看月亮呢，你瞧這月是不是太大了？好像我伸出手就能捉住它。」妳踮起腳尖，用手去勾一盞花燈，當它是月亮。

李迥笑了，妳聽見他身旁一個年輕男人也笑了。

李迥扶住妳，對妳說：

「這是趙家哥哥，別讓人見笑了，妳還真是醉態可掬啊。」

男人帶著笑意問李迥：「這是哪位妹妹？」

李迥說了妳的名字，妳看見趙家哥哥的表情瞬間凝結，而後驚喜交集的提高了聲量：「這可是『知否知否，應是綠肥紅瘦。』的清照妹妹？」

十六歲那年，妳的〈如夢令〉這闋詞，已然家喻戶曉，趙明誠與李迥是太學同窗，早聽李迥說過妳的天資聰穎，也熟讀了妳的作品，沒想到妳竟如此真實的出現在面前，一時之間，他有些獃了。

妳當然懂得他的惴惴難安，手足無措，其中隱藏著悅慕之情。妳朝他嫣然一笑，挽著堂兄回家去了。

妳是賭徒，一生最嗜賭。早在趙家求親之前，妳已然盤算過，李、趙兩家都是朝廷命官，可謂門當戶對，趙明誠喜愛金石考錄，雅好文學，性格平和溫吞，妳知道若是與他成親，依然可以做自己喜歡的事。他已經見過妳酒醉的模樣，也沒嚇跑，妳不必隱藏真實自我。

明誠的父親趙挺之當過宰相，是炙手可熱的明星；妳的父親李格非官至禮部員外郎，又是蘇軾門生，也是清貴的人物，趙李聯姻，可是一段佳話。妳與明誠的婚後生活是很甜蜜愜意的，就像人們說的「佳耦天成」。妳知道自己手氣好，又賭贏了。

妳在人生的賭局上，總是贏家，卻贏不過時代的命運，因為它的強悍，無法想像。還沒過上幾年安適的生活，朝廷上的鬥爭再起，首當其衝的是李格非，妳的父親帶著家小離開汴京，妳和明誠被迫分居，隨著父親一道遠走，嘗盡了相思的滋味。過不了多久，趙挺之失勢病逝，家人受誣陷入獄，妳重返汴京，對身陷牢獄之中的明誠不離不棄，終於等到他無罪開釋。這個詭譎多變的紅塵，令你們心力交瘁。

明誠的母親決定離開傷心地，帶著你們回到故鄉青州。那裡有幾間屋子，小小的院落，妳和明誠終於得著了兩人世界的安樂。明誠的文采或許不及妳，但妳敬重他在金石文獻考證上的專注癡執。

為了四處蒐集善本書，那幾年，你們吃得清簡，穿得樸實，幾間屋裡連個像樣的家具都沒有，全是書。從地上堆到屋頂，睡覺時翻個身都會壓到書。妳自稱「易安居士」，心裡安了，生活便覺自在。

妳還是愛喝酒，明誠愛喝茶，紅泥小火爐裡總烹著茶，你們坐在書堆裡玩遊戲，突然說出個典故，接著就要指出是哪本書的第幾章節、第幾行，誰猜對了誰先喝茶。

妳的記性好，反應快，又喜爭先好贏，赤著腳從書堆裡翻書。在屋裡跑來跑去，有時候為了搶快，猜著了慌慌的搶茶來喝，一失手，整盅茶扣在裙子上，或是翻倒在明誠懷裡。

這是多麼風雅的夫妻情趣，「賭書消得潑茶香，當時只道是尋常。」

幾百年後的詞人納蘭容若帶著無限懷想寫下這樣的詞句，似乎是在替妳哀悼那清雅恬淡的青州十年。

當時只道是尋常，妳以為日子就會一直這樣過下去。你們甚至在夜深時回首往日，不勝欷歔，約定好再也不回官場，不再踏入是非網羅。然而，明誠得到當官的機會，還是義不容辭的走馬上任去了。

妳在沮喪失望中還未回神，更大的災難降臨，金人舉兵來

犯，擄走了兩個皇帝，北宋亡了。你們狼狽倉惶的擠身在難民的隊伍中，好幾間房的珍貴藏書全部付之一炬了；十幾輛車的金石文物邊走邊丟失了。

天崩了，地裂了，你們是夾縫中的螻蟻。妳感受到生命的卑微，風花雪月、玲瓏心竅，都是沒有意義的，一個大時代在妳面前崩塌了。

明誠也在妳心裡崩塌了。

他是朝廷命官，卻在駐守江寧時棄城逃走，妳感到難以置信，這是妳深愛過的男人，是妳的結髮丈夫，怎麼竟會如此貪生怕死？妳感到憤怒，也感到羞愧。

逃難路過烏江時，忍不住寫下〈夏日絕句〉這首詩：「生當作人傑，死亦為鬼雄。至今思項羽，不肯過江東。」項羽不肯過江東，在烏江畔自刎而死，雖然是失敗，卻也是承擔。

妳的這首詩當然意有所指，當妳與明誠再度重逢時，他的表情木然，妳的反應冷淡，有一些什麼碎裂了，無法回復。

多年以後，當妳年老，似乎能夠明白，當年妳嫁給他，就是因為他的性格平和溫吞，他不是強勢的男人，所以能與才華橫溢的妳共度一生，否則，「清照之夫」這樣的名銜，早就壓垮他了。

當妳覺得可以理解，卻無法與他和解，因為他已經病逝了。

妳終身難以忘記的，是與他最後的離別。

他奉旨赴任前要先去朝見皇帝，留下妳乘船押送那些金石文物，妳的心緒很糟，不明白在這樣的離散戰亂中，有什麼比夫妻相守更重要的？他下船時，妳忍不住喚他，很想聽他說一句體己的知心話。妳在亂糟糟的船頭，看見他孑然一身坐在岸上，雙眼迸發出一種凌厲如虎的精光，盯著妳看。

妳問他，如果城中情勢更糟，自己該怎麼做呢？

他指著妳大聲說：「那些文物古董，實在保不住就拋棄吧。但是宗廟祭祀的禮樂之器，抱著背著，絕不可失去，要與它們同生共死！」

說完，他策馬疾馳而去。

在溽暑的夏日，妳感到澈骨的寒冷。

妳不能不怨，他把那些寶物看得比妳還貴重。結果，寶物還是失去了，他也過世了，妳在亂世中活下來，用餘生去理解，去原諒。

妳對他的怨全然消解，是在遇見張汝舟之後。對於妳的再嫁，許多男人無法諒解，他們希冀妳是個貞節烈女，傳統的、三從四德的女人，但妳從來不是。

明誠死後，妳只能依附著弟弟一家生活，張汝舟出現了，他是個有功名的讀書人，表現出對妳的傾慕與疼惜，他承諾要給妳一個家，讓妳安穩度日，妳於是又賭上了人生，嫁給他。

這一次的婚姻極短暫，他覬覦的是妳所剩無多的收藏。他對妳拳腳交加，妳知道自己輸了，輸了就要離開，別想翻盤，更毋需隱忍。於是妳告官與他仳離，哪怕要坐牢也不退縮；哪怕當代與後世的諷罵也無所謂，妳是個賭徒，妳知道想要回自己的人生，就必須付出代價。

最終，妳又回到一個人的生活，回想起過去的歲月，心中湧起許多惆悵，冷冷清清、淒淒慘慘，戚戚，妳嘆了一口氣，天上的大雁又飛過了，還是往年打過照面的那一隻嗎？妳心中的那座花園早已枝殘葉敗，滿地荒蕪了吧？然而，當妳漸

漸老去，卻覺得這樣的孤獨乃是天賜的福分。至少，妳創造了自己的人生與藝術，這是許多女人終其一生也無法到達的境地。

弟弟的孫兒們常常圍繞著妳，姑奶奶是最有趣的莊家，大家玩著各式賭局，開懷大笑。夜裡的燭光恆長點亮著，妳只要聽見賭桌上的吵嚷，就不感覺寂寞。

此刻，龍涎香的氣味更濃郁了，曾經荒廢的花園，又開出許多芬芳美麗的奇花異草，妳的身體不再滯重，像裹著一襲華美的綢緞，輕快的站起來，彷彿變成了小孩子，只要推開門，就能回到那座永恆的繁盛花園。

聲聲慢

李清照

尋尋覓覓，冷冷清清，悽悽慘慘戚戚。
乍暖還寒時候，最難將息。
三杯兩盞淡酒，怎敵他、晚來風急？
雁過也，正傷心，卻是舊時相識。
滿地黃花堆積。憔悴損，如今有誰堪摘？
守著窗兒，獨自怎生得黑？
梧桐更兼細雨，到黃昏、點點滴滴。
這次第，怎一個愁字了得！

找了又找，想找一些讓自己踏實的事物，
卻始終沒能找到。
只覺心中冷清又慘淒，說不出的低落感受。
在這時而溫暖時而寒涼的氣候中，
想好好安心休息是很困難的。
喝幾杯淡酒獲取溫暖，卻抵受不住天黑後的急促冷風。
秋天的大雁劃過天空，讓我更添悲傷，
會不會是往日曾經見過的那隻呢？
菊花凋落滿地，看來十分破敗，
還有誰有摘花惜花的閒情？
在窗前看著天色漸黑，更感到自己形單影隻，難以承受。
高大的梧桐樹佇立在細雨中，從黃昏時便發出滴滴答答的聲音。
這樣的情境，哪裡是一個愁字可以形容的呢？

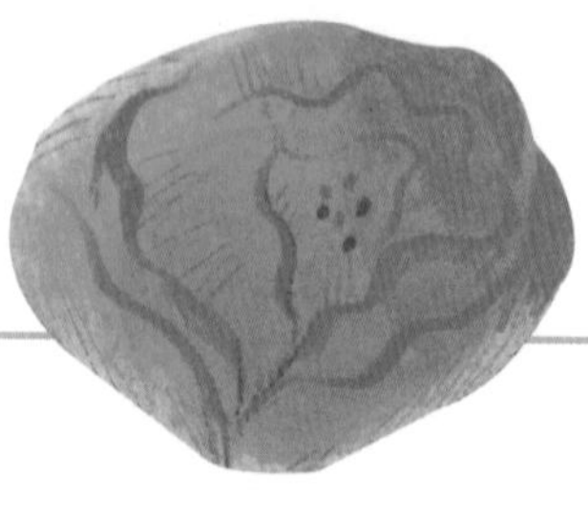

李清照在歷史長河中是個極其獨特的例子，她的獨特性在我看來，可與一代女皇武則天並駕齊驅。

性別界線如此分明的古代中國，絕不可能出現女皇帝，到了唐朝這個充滿豪放俠義的時代，因緣際會，女皇帝應運而生。女子無才便是德的傳統思想中，女人想要成為作家，簡直是癡人說夢，到了北宋這樣文風鼎盛的時代，天時地利人和，造就了女作家李清照。

她首先遇見了與眾不同的父親李格非，樂意將她培養成一個文學家；而後她嫁給了欣賞她創作性格的丈夫趙明誠，使得她的才華得到充分的發展。她有機會為自己塑造一個跨越時代、跨越性別限制的身分，成為宋詞史上一道柔和璀璨的光芒。

有這樣一個傳說，明誠年少時午睡，夢中讀到一本書，書裡的字都認識，奇異的組合卻使他無法解讀，醒來後只記得其中幾句：「言與司合，安上已脫，芝芙草拔。」他將這幾句話告訴父親趙挺之，父親笑著說：「這幾句話是『詞人之夫』，你將來會娶一個女詞人為妻啊。」有人說趙明誠明白一切皆是天註定，於是心甘情願的娶了李清照。然而，他們的琴瑟和鳴，應該是因為明誠也有自己的金石之學，他鑽研其中獲得極大的成就感，他們的心靈能量是很匹配的。

明誠的金石考錄完成大半，在他死後，由清照補足，寫了〈金石錄後序〉，讓他們自上古三代到隋唐五代的研究成果，流傳後世。這也是做為一個妻子，清照對丈夫的深情致敬。

拾 騎鯨登天不復回

古來聖賢皆寂寞，惟有飲者留其名

孤獨的本事

你落水了。

一陣陣冰涼的水波令你陡然清醒，剛剛，在小舟上，你傾斜著身子，盡量伸長了手臂，那明澈透亮的圓月，就在你指尖可以觸及的距離。這一生，你迷戀著月亮，從幼兒時指著她叫喚著：「白玉盤怎麼飛到天上去了？」成年後孤獨時舉杯邀她共飲，踩著自己的影子舞蹈；還有那個異鄉的夜晚，月光從窗外探頭，溫柔的凝望你，於是，你思念起故鄉與親人。

此刻，你垂垂老矣，她終於慈悲而絕美的浮上江面，你一生的追求，可望而不可及，你的眼中有淚，向她伸出手。這一生，你走過太多路，懷抱著希望與痛苦，有人視你為天上的謫仙；有人說你是敗德的狂人。

你遇見過許多愛你的人，對你傾心以待；你遇見過許多恨你的人，欲殺之而後快。你到底是什麼樣的人呢？有時候連你自己也覺得困惑。

當你接獲皇帝詔命，命你進宮入翰林院時，你以為自己是一隻展翅大鵬，終於來到了權力中心，那一年，你才四十出頭。

當你病體初癒，因為謀反罪的政治事件，被流放夜郎，難以言說的不甘與羞辱，覺得自己是一隻苟延殘喘的螻蟻，那一年，你已是將近六十的暮年了。

這一夜，上船之前，你又喝了許多酒。不喝的時候，你的雙手止不住的顫抖；喝得太多，又爛醉如泥。兒子伯禽取走你的酒杯，他無奈又忍耐的看著你，對你說：「別再喝了，阿爹。」

你迴避了他的目光，對於兒女，你是充滿愧疚的。總是走在追尋夢想的道途中，煥發著熱情，燃燒著生命，然而，你並沒有盡到父職。

原配妻子生下女兒平陽與兒子伯禽，你只能偶爾陪伴他們，更多的是離別。兒女們目送著你的背影，一聲聲喚著：「阿爹別走，阿爹早日歸來。」你連頭都不敢回。妻子死後，你將孩子託給山東的一位婦人照看，並與她生下一個叫做頗黎的小兒子，而後，你娶了官宦世家的女子為續弦，山東婦人帶著頗黎離開。

在你漂浪一生，老病纏身之際，朋友找到了伯禽，為他找了份鹽場工人的苦力活，讓他擔負起照顧你的責任。在他隱忍凝滯的表情中，你讀不出任何訊息，他是甘願的嗎？他有很多埋怨嗎？

你扶著桌子緩緩起身，往門外走，他喚住你：「阿爹去哪裡？」

「出去走走。」你嘟囔著。

「仰天大笑出門去，我輩豈是蓬蒿人。」你想到自己寫過的兩句詩，那時正要領旨赴京，是何等意氣風發，如今，只能苦笑而已。

這一晚的月色真的很好，你沿著江畔緩緩而行，這月光曾經照耀過許多珍貴的時刻，你想起年輕的自己進入深山中，好不容易找到了博學又超然物外的趙夫子，想向他學習。

他從深黝的洞穴中走出來，每一個步伐都令你悸動，他的身後跟著的是他的夫人，趙師母安定從容，而又無限慈愛，使你想到大地的母親。趙夫子宛如古人的生活方式，一聲呼嘯眾鳥齊集，停棲在他張開的雙臂與肩頭，這奇景令你驚歎。

「人與自然本該如此，相倚相生。」趙師母說。

你常跟隨趙夫子進入更深的山嶺絕壁，冒著生命危險採藥，當你們用這些稀珍藥草，救治了瀕死的病患，你感到自己似乎有著起死回生的神力。這些經歷也鍛煉了你的勇氣與心志。趙夫子還教你劍術、彈琴、策略與治國，他期望著你有一天能成就大業，你也如此自我期許。

兩年之後，學成下山，鳥雀們依戀不捨的盤旋在身邊，你告訴自己，將來的某一天，你功成身退的那一天，會再回來，過著隱逸修行的生活。

然而，在隱逸修行之前，必須先功成名就。二十歲的你，展開一連串的干謁之途，只要是有能力推薦你的達官貴人，都是你設定的目標。

你為他們獻詩，在筵席中誇耀自己的天賦與才華。你的書法與詩作，都成了饋贈權貴的禮物。為了讓自己的才思更敏捷，靈感更豐沛，你也會將丹藥配酒來喝。藥力與酒力混合之後，眼前的景象變大了，時間的流動加速了，你的詩句誇張怪奇，奔流不止，引發更多的嘖嘖稱奇與傾慕。

「太白乃天上謫仙人啊！」老詩人賀知章對你由衷崇拜。

你相信了這樣的讚譽，你相信自己不是凡人，是天上的仙人。

這恬靜沁涼的月光，也曾照耀著一個美麗而脆弱的身影，那確實是你今生所見，最嬌豔動人的女子——楊玉環。

進宮成為翰林，是你追逐夢想，攀登的最高巔峰，你以為自己可以在君王左右，獻治國良策，但，事實並不是這樣的。你和那些樂工、雜技、說書人的待遇差不多，只是個宮廷詩人，以詩娛人，如此而已。但因為你難以掩抑的光華四射，朝中許多官員或是京中詩人，還是想要與你結交。你有更多機會出席宴會，也遇見了形形色色的達官貴人。在這許多人中，你最不想看見的是王維。

後代愛詩人都感到好奇，你與他是同時期的詩人，你們有共同的好友孟浩然，以及日本好友阿倍仲麻呂，為什麼你們從來沒提到彼此？彷彿身處平行時空？

你們不可能成為朋友，因為你的狂悖與自誇，總想成為焦點人物的強烈企圖，以及狂飲酒醉的懲懶失序，令他覺得粗暴不堪。而他，這個出身貴族的世家子弟，科舉登第，青雲直上，恭謹有禮，貴潔雍容，卻又低調淡然，像是個朝堂上的修行者。不爭不競，就擁有了你想要的一切。

你可以不在意朝廷上那些詆毀你的言語，你知道他們只是憎恨你，在層次上差得太遠。但你不能不介意他的存在，功成，身退，詩中的禪意與平靜，是你對未來的憧憬，而他竟然不費力氣的就獲得了。

當你們同席時，你將醉未醉，狂歌呼號，他那沒有情緒的眼光瞥向你，只是一貫那麼淡然的，卻像一柄劍，刺穿你的心，穿透了你的躁進與渴求。

見到玉環的時候，你知道自己能來到宮中，與她對你的傾慕是有關的。她讀了你的詩，想見你的人，當她這麼說的時候，眼中的單純與天真觸動了你。「紅顏禍水」這樣的說法，已因皇帝的寵溺而蔓延開來，但你

看見的是老邁昏聵的君王，竭盡所能的愛著自己的小情人。

你願意為她寫詩，她的美，有種岌岌可危的脆弱，你像製作標本那樣的保留起來，寫成詩，否則，恐怕會稍縱即逝。

「雲想衣裳花想容，春風拂檻露華濃。」那一夜，在沉香亭，樂工李龜年催促你，曲調已成，歌詞未就。你又有些醉了。

腳步踉蹌的來到御花園，那夜的月光皎潔，你看見玉環倚著亭邊的欄杆，癡癡望著盛放嬌豔的牡丹花，她的髮髻鬆鬆挽就，喝過酒之後的粉白面容變得緋紅，雙眼卻異常晶瑩閃亮。皇帝在鋪著狐皮的躺椅上攲臥著，你想上前行禮，玉環止住你，她輕聲說：「聖人睏倦，已睡去了。」

所謂聖人，你們的皇帝，他已睡去很久了。當李林甫專權亂政；當安祿山包藏禍心；當安史之亂兵臨城下，天子出逃，六軍不發，要求天子處決貴妃，他一直沉睡。

那一夜的你，竟像是有了哀愁的預感，寫下了這樣的句子：「一枝紅豔露凝香，雲雨巫山枉斷腸。」預示了傾國傾城的美麗，終將在國破之際，香消玉殞。

僅只兩年時間，你已覺得千瘡百孔，欲振乏力，太多惡意中傷與批判，使你在長安城幾乎無立足之地。一生的摯友杜甫，對你的形容最是貼切：「冠蓋滿京華，斯人獨憔悴。」你知道自己的經世大夢註定要破滅了，你開始說出更多怨懟的激烈言詞，引來更多敵意與恨意。

皇帝同意了你的「還山」請求，讓你專心「修道」。他解除你的職務，還給了你一盒黃金，一個「無憂學士」的封號，讓你在途經各郡縣時，都能受到優渥的款待。然而，當你離開長安，回首一望，這錦繡堆積的華美京都，在你眼中看見的只是殘破與衰敗，一座腐朽空蝕的城。

離開長安的那一天，是你生命中最深刻難忘的日子，這樣的憾恨，是你終身想要彌補的。於是，當安史之亂中，皇帝避難到蜀，將兵權交給各皇子，皇子們擁兵自重，各據山頭，永王李璘以三顧茅廬的禮遇，派人請你為賓客時，你怦然心動了。

原本，你已和續弦妻子有了默契，將在廬山修行，不問世事。天下大亂之際，妻子只想與你相守，過著與世無爭的小日子。但你想到黎民百姓輾轉流離，在凍餓兵災中死去，你認為據守南方的永王，或許可以一統江山。

你忽略了已經即位的肅宗皇帝；忽略了擁戴並效忠於他的文臣武將，

你一向鄙視他們，你想要催生一股嶄新的勢力，一個能讓自己大展身手的新朝廷。你已經奮力搏鬥許多年，你的熱情重新被點燃，你想要豪賭最後一把。

不顧妻子的勸諫、挽留與哭泣，你隨使者登轎而去。就像你一次又一次的拋下家人，如飛蛾撲火般的突圍而去。

妻子在你離開之後，停止了哭泣，她原本就是修道之人，曾與你心心相印，但到了這個關頭，她看破了人間情愛與糾葛，毅然決定入山修道，遠離紅塵。其實是你，背棄了她，斬斷了情份。

「阿爹！阿爹！」載浮載沉中，你聽見伯禽在遠處的呼喚，他來尋你了，雖然你不是個好父親，他卻是個好兒子。每當你爛醉如泥，不可名狀的各種醜態，他難道沒想過丟下你不管，一走了之嗎？

平陽嫁人不久後便死去了；原配死去了；山東婦人帶著頗黎離去，再無消息；續弦妻子心灰意冷，上山修道，如今，在這寂寥的當塗小村落，你能倚靠的只有他，你拖累的也是他。

你用力翻身，卻覺得身重如鉛，一直的往下沉。

這就是最後了嗎？你的眼前突然敞亮，那是一場宴會，是你一生中最歡樂盡興的酒宴。那時的你，還沒奉旨入京，剛與好友元演同行，一道去了塞北。一望無際的大草原，軍營裡的篝火和烈酒，元演的父親元將軍對你頗為賞識，你幾乎動了想要留在太原，沙場效命的念頭。但是，元將軍告訴你軍中其實疲憊不堪，朝廷沒有作為，邊防艱苦絕望。

你知道這個夢想也不可能達成，只得告別離去。

帶著元將軍饋贈的盤纏與禮物，走到半途，你參加了好友元丹丘與岑勛的酒宴，他們都是你的粉絲，也是隱士與酒徒，岑勛能寫很好的詩，你們一見如故。在岑家的廳堂上，明晃晃的點亮了所有燭火，你甚至分不清是黑夜或是白天。酒席上還有幾位是來朝拜偶像的好飲者，他們向你通報姓名時，你只問：「能飲否？」沒有什麼比飲酒狂歡更重要的了。

那一夜，喝得太多，你從鏡中窺到自己的絲絲白髮，雖然還未四十歲，怎麼已顯出老態？你再喝一大杯，吞了一顆丹藥。眼前的景象飄浮起來，所有聲音都變得尖銳，灰塵的輕移，壁角爬蟲的迤行，不遠處河流的鼓譟，你的心臟想從胸腔中掙扎噴出。

「君不見！」你大喝一聲：「黃河之水天上來，奔流到海不復回。」眾人皆歡騰起來，宛如天籟之降臨。短短兩句，便是空間的極度展現。

「君不見！高堂明鏡悲白髮，朝如青絲暮成雪。」你的聲音抑鬱沉痛，時間的迅不留情，從來都不偏愛任何人，無論是天才還是庸才。當所有人都被你牽引，低迴不語，你卻又高亢起來，翻身躍起，如歡呼般吟誦：「人生得意須盡歡，莫使金樽空對月。天生我材必有用，千金散盡還復來。」

岑勛取來古琴，為你伴奏，你索性聞樂起舞。

元丹丘已準備好紙筆，一字一句將詩謄錄下來。這是謫仙人的作品，不是絕句也不是律詩，那些格律豈能拘得住你？你看著眼前美酒，一罈罈的開了，意猶未盡，召魂般的喚著，那「才高八斗」的天才詩人曹植，與你同飲同醉。「古來聖賢皆寂寞，惟有飲者留其名。」你的志向便是成聖成賢，但你此刻只想當一個絕然出塵，留名千古的酒徒。

成為聖賢是何等寂寞？只有酒醉的時候才是快樂的，當一個酒徒再無憂愁。那是你生命裡最純粹的狂歡，不用酬唱，不求聞達，這首〈將進酒〉獻給自己，獻給世界。

你覺得自己沉沒到底了，忽然，你的身子被穩穩托住，高高舉起，突出水面，高攀上天。是一頭巨大的黑鯨，你不驚不疑，轉身騎上鯨背，直指天上明月，開啟最終的流浪。

將進酒

李白

君不見黃河之水天上來，奔流到海不復回；
君不見高堂明鏡悲白髮，朝如青絲暮成雪。
人生得意須盡歡，莫使金樽空對月；
天生我材必有用，千金散盡還復來；
烹羊宰牛且為樂，會須一飲三百杯。
岑夫子、丹丘生，將進酒，杯莫停。
與君歌一曲，請君為我傾耳聽；
鐘鼓饌玉不足貴，但願長醉不願醒；

古來聖賢皆寂寞，惟有飲者留其名，
陳王昔時宴平樂，斗酒十千恣讙謔，
主人何為言少錢，徑須沽取對君酌，
五花馬，千金裘，
呼兒將出換美酒，與爾同銷萬古愁。

看哪看哪！黃河之水從天上流洩而下，
迅速的向大海流去，再不回頭。
看哪看哪！高大廳堂上的明亮鏡中，
映照著我的容顏，早起時還是黑亮的髮絲，

到了黃昏已髮白如雪。
活得順心如意時，就該盡情歡樂，
別讓華美的金酒杯在月光下空著。
上天生下我們都是有用之才，
就算是千兩黃金散盡了還會再回來。
讓我們烹煮羊，宰了牛，痛快的歡樂吧。
短短的時間就喝上三百杯。
岑先生，丹丘老弟，來喝酒吧，別停下你的酒杯啊！
讓我為你們高歌一曲，請你們專注聆聽。
最高等的音樂，最華奢的美食，
都沒什麼了不起的，
我只想要長久的醉著，不願醒來。
自古以來的聖人賢者都是寂寞的，

只有酒徒能留下名聲。
曾經，知名的酒徒曹植在平樂觀中大開酒宴，
數不盡的酒盡情的開來喝。
主人家怎麼能說錢不夠呢？
快去多開些酒來，
我還要與你們乾杯呢。
我的五花寶馬，千金裘衣，
都叫家僮拿出去換酒吧，
我要與你們盡情乾杯，
才能消解這亙古以來的憂愁。

一輩子都在流浪的李白，在當塗走完了最後一程。他會到那裡去，乃是因為遠房親戚李陽冰曾在當地擔任縣令，後來，李陽冰任職期滿，回京

覆命，才找來伯禽照顧他。李陽冰離開時，李白將自己珍貴的詩稿交給他，囑託他為自己編輯詩集，李陽冰確實是李白的知己與贊助者，他不負使命，出版了李白詩集《草堂集》。

李白受道教的影響很深，他常將自己比喻為展翅蔽天的大鵬鳥，以他的天賦和才華來說，當一隻神鳥也是很恰當的，卻因為他還懷抱著位高權重的大夢，周旋於權貴之間，有時也免不了成為供人賞玩的金絲雀。他所期望的自我形象，與他人眼中的形象頗有落差，應該令他感到失落吧。

長久以來，讀者們被李白在詩中的自我塑造所迷惑，以為他真的是飄然不群的神仙樣貌，卻不知道在現實的泥濘中，他有過多少顛躓，所謂的「蜀道之難，難於上青天。」也許才是他的真實感受。晚年時，他再難尋覓知音者的贊助，連說話談心的人也沒有，就只是個終日酒醉，殘病衰弱的老人。

幾十年後，另一位嗜酒詩人白居易，帶著無限的崇敬與悲憐之情，來到無人管顧的荒煙蔓草中，尋找李白的長眠之處，他寫下這樣幾句詩：「可憐荒壟窮泉骨，曾有驚天動地文。但是詩人多薄命，就中淪落不過君。」他依依不捨的將美酒灑在墳頭，詩人或許都是薄命的吧，但李白的落魄與寂寥特別令人不忍。

於是，人們為李白編造了許多傳說，最浪漫的一則應該就是捉月落水，而後騎鯨登天，一去不回。還有人傳說李白修道登仙，長生不死。他確實因寫詩而成了仙，獨一無二的「詩仙」，他的詩一代一代的傳誦著，果真是永生了。

孤獨處方箋

〈獨坐敬亭山〉李白

眾鳥高飛盡，孤雲獨去閒。
相看兩不厭，只有敬亭山。

｜聆聽入口｜